U0934714

你若不来，我怎敢老去

王臣 著

中国華僑出版社

目录 / Contents

Photo by WangChen

王臣·作品

W O R K S

Contents

之三 |

[你 / 忘了吗？]

...BACK T

爱之于我，不是肌肤之亲，不是一蔬一饭。

它是一种不死的欲望，是疲惫生活中的英雄梦想。

——〔法〕玛格丽特·杜拉斯

序言

说一万遍我爱你，不如好好在一起

感情就像一家旅店，
我们只是途经的住客。

住一天，还是一年。
大多的结局，
都是告别在明天。

没有分别的，
也要一起搬去另一家店。
朝夕相对，等待相厌。

当然，也有人，
干脆自己买一个铺面。
再找一个做伴的人，挣点钱。

而所有热烈的回忆都只能
留在那个再也回不去的旧房间。

感情这回事，大约就像李宗盛给莫文蔚写的那一首《阴天》里说的："开始总是分分钟都妙不可言，谁都以为热情它永不会减……感情不就是你情我愿，最好爱恨扯平两不相欠。感情说穿了，一人挣脱的，一人去捡。"

想要求得一个周全，哪怕善始善终，其艰辛苦楚之程度亦不逊于掌心剜肉。能狠心下手的人，极少。纵是剜去了那一块肉，也是要终生留疤的。低眉俯首之间，那伤疤便会悚然入目，时时刻刻提醒你昔日蚀骨的痛。岁月与人心，从来都是两相嫉恨的。

大约，是我有些危言耸听了。原本，在感情世界当中，我便不是一个太乐观的人。如此一来，每每与人谈论到相爱，总要极力把自己放到最低。以为这样，便可避去散场时尸骨无存的绝望。但这样的态度显然是不够健康的。

电影《我想和你好好的》上映之后，三五好友赶忙相约去看，大抵是因为宣传片花里的镜头和台词写实入心。每一对爱人之间，总要遇到类似的问题，把彼此折磨得筋疲力尽。不说电影好坏，但当中的桥段定有一刻会触动你的心。而这部电影对我而言，最大的收获大概便是宣传册上的那一句：

说一万遍我爱你，
不如好好在一起。

我不相信会有人在爱情当中无一点私心，因为它原本就是一件私心好重的事。恨不能时时刻刻占有，恨不能生生世世占有，恨不能下一辈子也不放过。只是，世间人与世间事从来就不是凡胎肉身的你我可以掌控的。有时候，甚至连自己的心都掌控不了，又怎能企图掌控别人的？

但是，人总还是要持有一颗明媚的心。你待情分温柔，情分才能够回馈给你温柔。这是某年遇到的某个人教会我的道理。总会有那样一个人教给你一些正面的东西。且不说刚好遇到对的人，我绝不相信，会有人终其一生也遇不到一个好人。

在感情这件事里，你我唯一能做的，就是不念过去，不畏将来，好好活在当下，用一颗坦诚并宽仁的心，去与别人相爱。真心，并宽心。失去，总被误以为是突如其来的，其实是缓慢的。如此，我们不是理应让这缓慢变得更缓更慢一些吗？最好是缓慢到连你我老去的时候，它也依然尚未来临。

这就是最好的结果了。

近日重温斯蒂芬·茨威格的名篇《一个陌生女人的来信》，当中有几句话印象深刻：

我的心始终为你而紧张，
为你而颤动。

可是你对此毫无感觉，
就像你口袋里装了怀表，
你对它绷紧的发条没有感觉一样。

这根发条在暗中耐心地数着你的钟点，
计算着你的时间，
以它听不见的心跳陪着你东奔西走，
而你在它那滴答不停的几百万秒当中，
只有一次向它匆匆瞥了一眼。

世间情爱之痛楚与佳妙，尽在其中了。多年之后，关于曾经的甘苦爱恨，最温存的追忆大概也就是问一句“我想念你的时候你是否也在想念我”了。这，大概是我写过的最接地气的一本书。愿各位，闲中读到此书，能有所拾获，也愿所有人，还能继续乐观地相信，这世上仍有天长地久。

假如，这本书让你有瞬间触动，那么，请给我一点掌声。

王　臣

二〇一三年十月

之一

我／爱上了。

/ 我要我们在一起

他们第一次见面就大吵了一架。

都是十五六岁的少男少女，为了教室里的一个座位，吵得不可开交。但那是报到第一天，座位只是暂时随便坐坐，开一次新生班会就散了的。原本不该这么介意，可他跟她互不相让，但好歹是认识了。老师点名的时候，他们都留意了对方的名字。

后来，调座位，也不知道是不是老师故意的。他们做了同桌。但十几岁的年纪，都很爱记仇。当了一两个月同桌之后，两人的关系依然很僵。大家都知道她是个生猛的女孩，经常跟人吵架、打架，懒得吵的时候就动手开打。可是她成绩好，学校舍不得开除她。

倒是他，学习差得离谱。好在他平时没有什么存在感，大家也都不讨厌他。她跟他虽然吵架次数多，但很少动手。唯一的那次，是高一那年的元旦，班里组织活动。他听过她平时哼歌，知道她五音不全，经常默不作声的他竟然起了个坏心眼，带头起哄让她唱歌。

她一忍再忍。

忍无可忍的时候，就冲上去扇了他一巴掌。

没想到，人高马大的他竟然没有还手。后来，她看他不还手，也没好意思再打，就走了。更没想到的是，那天晚上，他竟然偷偷跟踪了她。被她发现之后，他说，他就是想看看心理这么变态的女生是不是隐藏着什么不可告人的秘密。

她觉得他是真的有病，准备上前再扇他的时候，他终于及时抓住了她的手。他说，能等我脸消肿了再打吗？她一听，真是哭笑不得。但刚才他抓住她手的时候，她觉得，其实，他的力气真的很大，要是他真跟别人打起来，一般人都赢不了的吧。

高一结束，分文、理科的时候，他问她选的什么。她文、理科都很好，正在犹豫。他对她说，他要选文科，建议她不如也选文科，因为这样的话，考试的时候他还能借她的试卷抄一抄，而理科那些数字、符号之类的东西，连抄都会抄错的。

她没理他。

高二的时候，重新分了班。开学的时候，他在自己班门口的文科班学生名单上看见了她的名字，心里乐得不行。调座位的时候，他们不是同桌了。他学习太差，身高又往上蹿得厉害，坐在了最后一排。那时候，座位是种身份的象征，差生多半是坐在最后几排。

她的脾气依然火暴，开学没多久，左右前后的人她都吵了一遍。

她实在是不合群，就算成绩再好，老师也不得不把她安排到靠后的位置。他们成了前后桌，但关系依然很僵。

后来，她谈了一个社会上的男朋友，怕她的人也越来越多。有一次，放学回家，他在路边看到她跟她的男朋友打架。她男朋友打她的时候跟她打对方一样毫不手软。他看不下去，上前帮着一起把她男朋友给打了。她非但没有谢他，还臭骂了他一顿，说他多管闲事。

也不知道从什么时候开始，她跟他吵架的时候，他不像当初的第一次那样认真回骂了，大多时候，都不还嘴，只是听着，有时候还没皮没脸地笑。后来，他因为替她出头，被她男朋友带了几个凶悍的人狠狠揍了一顿。没多久，他就听说她跟那人分手了。

高三的时候，她的脾气还是火暴，成绩也是一如既往地好。他仍旧没有存在感，学习仍旧差得不得了。高考前三个月，老师在班里搞了一次聚会，让大家放松一下之后就彻底进入备战高考的状态。她当时就在想，他这个神经病不会又起哄让自己去唱歌吧？

她正想着，他竟然自己跑上去唱了一首，惊艳全场。没想到，他唱歌唱得那么好。唱完之后，他竟然说了一段肉麻的话，最后还来了个表白，并且表白的对象就是她。她吓了一跳，站起来大骂了几句脏话，就摔门走了。

之后，日子也并没有什么不一样。只是，她跟人吵架的次数少了，也没怎么听说跟谁打过架，而成绩也变得更好了。他每天依然是睡睡

觉、听听歌，考试分数还是低得离谱。

有一天，中午放学，他睡着了，包括下课铃在内的一切声响都没有吵醒他。醒来的时候，他的头很痛，是被她一巴掌打醒的，但她并不是要找他吵架。那反而是他们俩第一次心平气和地说话，但她说的也只是“你这样下去，以后怎么办”之类的。他依然那么镇定自若。

好像全世界他都不在乎。

而事实上，他把她的话记到了心里，开始恶补功课，可最后大学还是没有上成。而她，意料之中地拿到一个很厉害的大学的录取通知书。暑假里，他经常约她出去玩。他知道她最喜欢范晓萱，就学会了范晓萱所有的歌，恨不得在一个暑假里全部唱给她听。

两人关系有了很大的进展，虽不如他所想，但起码是真真正正的朋友了。在她临走之前，打算再见他一次的时候，他竟已不见人影了。听说他去外地打工了。她心里一惊，忍不住有一点难过。但那难过，她克制得很好,隐藏得很好,连她自己都以为是错觉,是根本没有的事。

她那么好强，哪里敢承认选文科是不想离开他？分班之后，跟人吵架是为了坐到后排靠近他：跟男朋友分手是因为她不允许除了自己之外的任何人打他；让他好好学习也不过只是怕他考不上和她分开而再也见不到他。

开学的时候，她接到一个电话，是他打来的。他竟然跟她在同一个城市里。见面的时候，她跟从前一样暴脾气，足足骂了他好几分钟。其实，她只是生气，他离开家来到这里，却一直把她蒙在鼓里。那天，她去他的酒吧听他唱歌。他唱的是范晓萱的《我要我们在一起》。

站在台上，他又发神经地乱说话。

他说：

你丫不是天不怕地不怕的吗？
怎么就不敢跟我在一起呢？

她又站起来破口大骂。

最后，她说：

不就是在一起吗？
我他妈有什么不敢的！

我记得你习惯闭着眼抱着我好像我是你的
脸笑嘻嘻

我不知该如何对你笑对你哭张着嘴不理你
像个机器

你的世界我的日子好像没有谁对谁
发过脾气

过得太快来不及

——引自范晓萱《我要我们在一起》

CONVERSE
ALL STAR

/ 我不愿，让你一个人

他们小时候是邻居。小学毕业之后，她家搬走了。初中三年，他和她从未见过，也未联系。上高中他们才重逢，成了同班同学。他认出来她的时候，她一脸茫然，有些不太记得他了。她只是当下有一瞬间觉得，这个男孩长得真好看。

之后，他和她成了朋友，但不是儿时的玩伴，而是会说真心话的那一种了。后来，他跟隔壁班的女生早恋，被老师发现并狠狠教育了一顿。那段时间他很委屈，一到课间就找她聊天，放学的时候也会跟她在学校旁的护城河边散散步，说说话。

因为这个缘故，他的女朋友跟他分手了。之后，有那么几个瞬间，他有点后悔自己跟她走得太近，失去了女朋友。毕业前，他谈了第二个女朋友。再次出现上一次的情况时，他很及时地疏远了她。她也不怪他，甚至很理解他。

高考结束，他父母离婚了。女朋友被家里人管得很紧，有时候，他连个说话的人也没有。后来，他想到了她。她随叫随到，安慰他，陪他。她家境不错，零花钱很多。那段时间，他不愿意回家吃饭，她就一直陪着他在外面吃。

所以，她知道了他不爱吃一切甜食、一切水果；每一顿都要有米饭，不然会饿；爱吃花菜、青椒肉丝、番茄炒鸡蛋；不爱吃土豆和不带骨头的肉。

她有时候会希望当初像他那样可以一眼认出对方，那样的话，对他的印象也许可以一直停留在儿时的玩伴阶段。看到他，想到的只是：哦，他是跟自己一起长大的好朋友。再没有其他，就像他对她

一样。可是，该记住的她没记住，该假装忘记的她却假装不了。

高考填报志愿的时候，她偷看了他的志愿表。她浪费了自己出类拔萃的分数，念了和他一样的那所二流学校。他跟第二任女友的恋爱关系在上大学后维持了一个学期便结束了。异地恋从来都是不靠谱的。分手是女孩提出来的，理由冠冕堂皇，真相是什么彼此心里有数。可惜，他当真是深爱那个女孩。

那个女孩能轻易地重新开始。

他却不能。

好在大学里还有她一直陪伴左右。虽然也不是天天见面，但只要他一句话，她总是立刻出现，甚至为他学会了很多大型游戏，陪他一起玩。大二的时候，他有时候会带她来男生宿舍。大家都以为他们是一对，但每每这个时候他必定赶忙澄清。

她也附和着笑一笑。

有一阵子，女生之间流行给男朋友或是喜欢的男生织围脖。她也给他织了一条，那是她唯一尝试想要跟他说点什么。却不想他收到围脖之后，她还没有开口，他已经哈哈大笑，说，怎么织得这么丑，幸亏不是送给男朋友，不然，看到这条围脖，别人也要跟你分手，这么丑怎么戴得出去啊！

她也哈哈大笑，笑得好爽朗，也好心酸。

后来，他喜欢上了她们班的班花，她成了他们之间的邮递员。也有几个瞬间，她很厌烦，甚至动了坏念头，想要搞点破坏，但终究没有，她怕他伤心失望。可是最后，他仍然没有追到班花。见面吃饭的时候，他一句玩笑话“会不会是你从中作梗”，让她心痛难忍。

很想哭。

但她没有让他看到自己一丝一毫的伤心。她很努力地让自己保持了正常的姿态，还嬉笑骂他冤枉自己，跟他打闹。后来，他一直没有再谈成恋爱，两人的关系也一直如表面看上去一般热闹地维持了下去。快毕业的时候，他竟然仍旧对她们的班花念念不忘，一再唆使她打探班花毕业的去向。

直到这时候，她才第一次甩给了他脸色，说，要问你自己问去。毕业实习的时候，他跟她分开了。他在南方，她在北方。虽然疏远了，但她每年总还是想着要给他准备个像样的生日礼物。他收到之后，也会发短信说谢谢，却从来不知道她的生日是几月几号。

工作之后，他来看过她一次。只那一次，就让她又变回了从前，他随叫，她随到。夜班飞机，她坐了很多次。好在她的公司不用日日按时坐班，加上她与上司、同事关系都很好，旷工也不是问题。他每每问她赶过来会不会影响工作时，她总是这样回答。

其实，他不知道，因为这样的旷工，她已经换了四份工作。男朋友，她也谈过一两个。只是，有些人总是对抗不了自己的心。不爱，对方再好也是不能爱；如果爱，自己再卑微也受得了。所以，那一两段感情也是草草了事。她总是忍不住要对他抱一点幻想、一点希望。

再后来，他遇到一个女孩，跟她爱得死去活来。女孩在她的城市，他就放弃了工作，义无反顾地跑来。女孩温柔懂事，也很大气，她也很喜欢那个女孩。有时候，她看着他跟那个女孩在一起，也觉得这才是天造地设的一对，甚至会想，能有这样一个好女孩陪着他，她也放心了。

她见他的次数也越来越少。

他跟那个女孩订婚的时候，她觉得自己也是时候重新开始了。她给他准备了一个大红包，又为他织了一条新围脖。这次织的围脖看上去依然不理想，但她觉得对自己而言意义重大，第一次是想得到，第二次是要放下。依然是夜班飞机，只不过目的地是英国。走的那天，他不知道，等他再打她电话的时候，已经是空号。

此生，她与他也就是这样了。

我不愿让你一个人　一个人在人海浮沉

我不愿你独自走过　风雨的时分

我不愿让你一个人　承受这世界的残忍

我不愿眼泪陪你到

永恒

——引自五月天《我不愿让你一个人》

/ 格子铺

一见钟情，你信吗？

反正她信。

见到他，是在她常去光顾的一间创意格子铺的时候。店老板本来是个女孩，里面会有少量女孩亲手设计的衣服。她很欣赏女孩的设计风格，也是店里的老顾客。只要出了新品，女孩总会第一时间通知她。她也会毫不犹豫地去挑一两件买下。

但是那一天，她路过的时候，进店去逛，却发现女孩不在了，换成了一个男人。那是她第一次看见他。他站在凳子上挂衣服，见她进门，便低头招呼她。他的头发自然卷，人很清瘦。不，她会说他是清爽干净，消瘦的脸上留着青黑的胡楂，却一点儿也不乱。

她这抬头一看，看得头晕目眩。

少女时代，女孩都会幻想自己将来爱上的人是什么模样，她便总跟人说，干净，一定要干净，但最好要有点胡楂，整整齐齐的那一种。

要是有一头自然卷的头发，那就最完美了。所以，她后来谈过的男朋友，多多少少总还是有这些特征。

她也很奇怪，年纪已经是当时的两倍多了，审美趣味竟丝毫不改。她便总是用专一、执着来形容自己。她从来不是一个活泼的人，在旁人的眼里，她是冷静、理性、内敛、喜怒不形于色的女子。天大的事情，在她的眼里都是举重若轻，拿得起，也放得下的。

可是，再坚强的女子，碰到感情，尤其是这种莫可名状、突如其来的喜欢，往往都会失了方寸、不知所措。她一直以为自己将来会变成女强人。男朋友谈得不多，总觉得不是自己想要的。这一回，她遇见他，也不过是一眼的工夫，她竟不能自拔。

这当然不是她的作风。

她不允许自己在感情上如此失态。她小心翼翼地控制自己的感情，与他说话，买这个，买那个，离开的时候，温静有礼。她去逛格子铺的频率并没有刻意减少，也没有增加，一切仿佛都与从前并无不同，上班、下班，周末去逛。

唯一不同的是，她再也没有向任何闺蜜推荐这间店铺。她当然是故意的，她怎么会一点儿私心都没有？她当然不会承认她根本不想自己那些年轻貌美的闺蜜认识他，她希望，最好全世界的女人都没有机会认识他。只是，偶然不小心听到自己内心的这个想法时，她会被自己吓一跳。

何以突然之间，她变成这个样子了？

他的一个眼神可以让她快乐一天，哪怕是摔得头破血流，也会觉得这是否极泰来的好征兆。他的一瞬沉默也可以让她一个礼拜食不知味，连百万的年薪在她眼中也不过是大富豪的一个轮胎，一点儿也不值得欣喜。

可是，生活里的一切看上去都没有变化，但只有她自己知道，一夜之间，她的内心再不似从前。她不知道，何以自己到了二三十岁的年纪还依然有这种少女似的迷惘。这令她非常不愉快。时间久了，总是要露馅儿的。

她开始变得很敏感，易悲易喜。

即便她再怎么伪装，都还是会被人看出破绽的。关系亲近的人会开始试探性地问询一些什么，她都避而不答。直到一年后的年末，她在格子铺里看见了原来的女老板跟他在一起，她便忍不住问了问，原来，俩人是夫妻，结婚三年了。

三年前，不就是格子铺开张的时候吗？格子铺开张的第一天，就恰好被她看到。走进去的那一刹那，她就觉得，真好，怎么会有跟自己喜好这么一致的一家小店呢？她很开心，以至于待在这间格子铺里东看西看，成了她周末的最大乐趣。

她跟女老板走得很近，有时候，她甚至觉得，这间小小的店改变了她北漂数年的生活。数年来，除了工作、赚钱和几段无疾而终的感情，她几乎知觉不到自己的存在感。直到来到这家店，她才觉得，原来自己还藏着那么多的私趣。

她甚至想过，过两年，也要开一家这样的小店铺。是啊，女老板的品位跟她很像，连对男人的喜好也是如出一辙。得知他们是夫妻之后，她回家大哭了一场。第二天，辛苦爬上部门经理位置的她，突然辞职了。女老板的生活，才是她最想要的。一家小店、一个心爱的人，不拼命，懂得享受生活。

她离开北京，去了成都。

都说成都是个好地方，慵懒宜居，适合生活节奏慢的人。她想，这么多年过去，赚钱就只是赚钱，也不知道赚钱到底是为了什么。现在，她知道了，赚钱就是为了今天她也能够开一间那样的小店，等一个那样的男人。

两年后，她在成都的店已经很有名气。

很多人想跟她合伙，让她开分店，但她从来没有这个打算。她也从来不想把这家小店做成什么大气候。那一年，她遇见了那家小店，她的人生就已在默默改变。后来，遇见了他，她终于有了契机和勇气，告别过去，以自己喜欢的方式生活。

再后来，她结了婚，做了母亲，生活也日渐平静。每周，她总会挑出一天，关门休息，自己一个人找家咖啡店，看看书，晒晒成都不常有的太阳，或是看看成都最安静的阴天。到现在，也没有人知道，当年她为什么突然辞职离开北京。

没有人知道，那一年，让她的一生改变。

有生之年
狭路相逢
终不能幸免

手心忽然长出纠缠的曲线

懂事之前　情动以后　长不过一天

留不住　算不出　流年

——引自王菲《流年》

/对的

兄弟二人喜欢同一个女孩，大概是只有小说和电影里才会发生的事情吧，他常常这样想。那时候，他们三人是真正的铁三角，任何时候都是形影不离。后来，他打算告诉大哥自己喜欢她的时候，他才知道，大哥已经跟她表白了。

是啊，他之后会常常暗自抱怨“时机”这种东西。他只是稍微晚了一点，可就是晚了那么一点点，他就只能看着她跟大哥在一起，只能失去她。

他跟他大哥在性情上也是两路人。他凡事总会深思熟虑，尽量考虑周全，换句话说，他比大哥有城府。但大哥是个冲动的人，说话做事并不考虑后果。他原本以为，自己这样心思缜密一些才是好的，却不想，在爱情这件事情上，有时候需要的不过就是一刹那的冲动而已。

他记得，大哥跟她第一次约会还是他筹划的。大哥送给她的第一份礼物也是他替大哥准备的。大哥跟她出门旅行的时候，她养的那一只雪纳瑞也是自己在照顾。那只小狗真是可爱。后来，除了女主人，也就只跟他最亲近了，对大哥凶得很。

值得他暗自欢喜的也只有这么一件微不足道甚至是毫无意义的小事了。大哥跟她旅行回来的时候，她给他带了一件小礼物，一串上师开过光的手珠。他很喜欢，戴了好几年。那几年，大哥跟她也有不愉快的时候，吵过架，闹过离婚，但有了孩子后，彼此也都不再计较。

后来，大哥搞婚外恋，他知道后，狠狠揍了大哥一顿。与其说他是替嫂子出头，不如说他是心疼她。可是，对啊，她是他的嫂子了。与大哥搞婚外恋的女人纠缠不休，大哥又好像很喜欢那个女人的样子。有那么几个瞬间，他想，要是大哥跟她离婚了，也许他就有机会了。

于是，他做了一些事情。可是，他不曾想到，他一步步按照自己的计划挑拨大哥和她的夫妻感情时，他却把这世上他最心疼的人伤得最深。她很痛苦，开始每天失眠，比以前更清瘦，甚至还有了少许白头发。但他想，再忍一忍吧，等他跟她在一起了，他就再也不会让她痛苦了。

大哥提出离婚的时候，她崩溃了。

她离家出走的时候，没有人知道。他比大哥更着急。将近一周的时间，她不知所终，他甚至报了警。找到她的时候，她已经瘦得不成人样了，看上去仿佛老了一二十岁。怎么会搞成这样呢？他很难受。

她回家之后，大哥再也没有提离婚的事情，两人的关系仿佛要日渐恢复到从前的模样。他又一次不知所措了。后来，大哥婚外恋的女人再次出现的时候，他想了很久，是不是还要继续做点什么。没错，他又做了一件事——他拿出了自己所有的积蓄，软硬兼施地把那女人打发了。

到最后，他发现，再深的城府和算计，也抵不过他对她的爱。爱上一个人，不难，放弃一个人，却太不容易了。决定出国这件事，他没有告诉任何人，包括大哥，包括她。只是，临走的时候，她给他打了一个电话，她好像知道什么似的，跟他说，他总会在对的时间遇到那个只属于他的对的人。

对的时间，对的人。

但愿如此。

他想。

有些话我选择保持沉默

别把实话说破　隐藏我的寂寞

你的情绪依然把我牵动

躲在你心中　角落的心事我能懂

——引自方大同《三人游》

/ 错的

他来过一下子，她却要记一辈子。

是在高中的时候，她就开始喜欢他了吧？大概是的，她自己都已经不太确定了。是啊，喜欢他的时间实在是太久太久了，久到有时候连她自己都记不太清楚了。高中毕业之后各奔东西，她觉得也许当初喜欢他只是因着一点少女情怀吧，可能过段时间就忘了吧。

谁没有过暗恋呢？
但总会过去的，对吧？

可是，她错了。

大学四年，虽然不在同一个城市，但她总还是忍不住要用尽各种方法去关注他。哪怕是他的每一条网络签名，都会让她思考很久。他又发生了什么呢？她很想知道，却无法知道。后来，她觉得这样下去是不行的，便接受了一个追求她的男生。

只是，有些人天生爱钻牛角尖。越是有了男朋友，她竟越是不能

把他忘掉。终于，她没有办法，跟男朋友分了手，回归了单身的状态。好在老天待她不薄，毕业之后，她跟他成了同事。其实，是在同一家公司的两处子公司。两人并不在一起，但出差时偶尔会碰到。

她并不是一个事业心很强的女子，但这份工作她异常珍惜，只要有出差机会，她都会努力争取，只是想多碰到他。后来，她差不多知道他的出差频率之后，便有的放矢，专门制造跟他遇见的机会。久而久之，他也知道了一点她的心思。

其实，她要是想瞒住他，也不难，但是她不想。她就是想让他知道，趁他还是单身的时候。她跟他走近了之后，这样的想法便越来越强烈，她是那么那么希望能够跟他在一起。

可是，有一天，她突然听说他好像有个自己喜欢的女生。她甚至拐弯抹角地向他求证，他也不置可否。她想，如果一个男人不喜欢一个女人，那么，一定会矢口否认的吧。他不是那种喜欢跟别人暧昧的人，所以，她觉得，他心里有个喜欢的女生这件事一定是真的。

她特别伤心。

好怕他身边的女子不是自己。

她动了很多脑筋，想方设法搞清楚了那个女生是谁，又想方设法地把那个女生介绍给了别人。这件事放在她心里很久，每每想到，她就会觉得自己十恶不赦，看不起自己。她不知道自己什么时候变成了这样一个居心叵测的人。

可是，有些事情做了就是做了，后悔是没有用的。更何况，她只是自责。要问她后不后悔，她觉得，如果可以重新选择，她还是会这么做的吧。爱情里，谁没有私心呢？谁又敢说在爱情里没有过居心叵测的念头呢？谁没有做过一件自私自利的事情呢？

她二十六岁那年，终于如愿以偿跟他在一起了。因为公司不打算批准她的调动请求，她就辞职了，去了他的城市，找了一份普通的工作，为的只是能够时刻跟他在一起。其实，对他而言，失去了一个喜欢的女生，换来一个爱他胜过一切的女子，并不是损失。

她把他照顾得无微不至，从生活起居到事业前途，她可以为他做的事情，她必定是拼尽了全力。即便如此，她也只会觉得还不够，也从来不做任何可能让他不悦的事情。无论她内心是个怎样的控制狂，她都把握得恰到好处，让他开心。是的，她爱他爱得全心全意又小心翼翼。

他的口味、衣着喜好、热衷的品牌，她都熟记在心。他只抽烤烟，不抽混合烟；他爱吃排骨，不喜欢甜食；他喜欢吃一点辣，从不吃汉堡；他喜欢咖啡越苦越好；他爱喝顺滑的牛奶，但不喜欢浓稠的酸奶；他睡前一定要吃夜宵；每周六下午一定要健身三个小时。

他还喜欢按摩脚。

有时候，他都觉得，可能连自己的母亲都已经不像她这样了解自己吧。所以，他时常觉得能有她这样一个女朋友真是一种福气。可是，也不知道为什么，她在他心里一直都是还不错，但总觉得不是最好。他说的，大概是爱意，大概是所谓的那一些与爱有关的感觉吧。

包括当初跟她在一起，也只是觉得她还不错，可以试一试，倒是真的没有多动心。相处几年下来，情分自然是有的，可是这“情分”里的“情”，又是亲情多过爱情。后来，他家里人催他跟她结婚，他总说再等一等。

可是，等什么呢？他不知道。在他心里，婚姻是神圣的，一辈子只有一次，是一点儿也不能马虎不能含糊不能将就的。他一直想的，都是要娶一个彼此深爱到不能分离的女子。可是，对他而言，她总是差了一点点什么。

他可能是太较真了，但爱情里的较真，总是情有可原的。是他母亲的一句话点醒了他。他母亲有一次跟他说，他也跟她谈了好几年了，如果他不打算娶她，就不要耽误她。他母亲还说，男人有大把时

间可以浪费，但人家姑娘是等不起的。

他觉得母亲说得很对。

如果不能下定决心娶她为妻，真的不能耽误她。

可是，他不知道，如果要她在分手与被耽误之间选择，她宁愿就这样一直被他耽误下去，最好能耽误她一辈子。但所有人都知道，这是不可能的。连爱的勇气尚且不够，他又哪里有勇气去耽误她一生一世呢？他跟她提出分手的那一天，她刚刚给他煲好一锅排骨汤。

是的，她好心酸。

她心酸得恨不能哭尽一辈子的眼泪。如果他换个任何别的理由。她也许还有赖着不走的勇气，可是，他说的是，他觉得自己并不爱

她。她想要的，一直想要的，不就只是他的一点爱吗？只要能够得到，她真的可以什么都不要。

只是，这世间，有些人的爱，注定是另外一些人得不到的，费尽心机也是枉然，就算在一起了，也终究是长久不了的。她那么聪慧的一个女子，怎么会不懂这些？她只是不愿意去懂，也不想去懂。她只想傻乎乎地跟他在一起，过完一辈子。

她其实很想说，他不爱她没关系啊，只要她爱他就够了。可是，她偏偏又懂得，谁也没有资格剥夺别人去爱的权利。她生拉硬拽地跟他在一起了，他又怎么能够好好地去爱他想爱的人呢？她已经做过一次对不起他的事，她不能再做第二次了。为什么？因为，她爱他。

爱得连假装糊涂也不愿意。

我想看到　我在寻找

那所谓的爱情的美好

我紧紧地依靠　紧紧守牢

不敢漏掉

一丝一毫

愿你看到

——引自范玮琪《到不了》

/ 羁绊

他是金牛男。

他是狮子男。

当金牛男与狮子男相遇的时候，多半都是水火不容的。他和他也不例外。金牛与狮子是高中同学，不同班，互不相识，但是见过几次。学校运动会的时候，狮子拿了百米冠军，金牛是校园记者，采访了他一回，发表在了校报上。

但金牛没有上心，他觉得自己当过什么校园记者根本是不值一提过家家般的小事，至于其间采访过谁，更是没有上心，根本没有想要去记得。

后来，金牛谈了女朋友，女朋友的好姐妹暗恋狮子。金牛时常听女朋友说起这件事，但也不知道说的男主角是谁，只是知道大概是一个体育生，别的也都记不太清楚。高中毕业的时候，金牛的女朋友组织了一次小的饭局，饭局上也替好姐妹邀请了狮子男。但金牛高考成绩不理想，那顿饭也吃得心不在焉，所以也没有记得跟哪些人一起吃的。

金牛虽然没有读到理想的大学，但至少考上了一直心仪的新闻专业。学校一般，金牛略自负，读得也不太愉快，经常逃课，没事的时候在网上写写小说，只是没想到不久就有人邀约出版。大学期间就能出书，让金牛忽然变得小有名气。

其实，金牛非常低调，但是长期旷课导致老师不满。期末挂科数量太多，没有办法，金牛只好私下请老师吃饭，“贿赂”一下老师。但老师不买账。走投无路的时候，金牛才想到，出书这件事会令老师对自己略有好感，或许会放自己一马呢？

果不其然，有效。

如此一来，老师们都知道学校有个才子。后来学生们也都知道了，开始有不少追求金牛的小学妹，金牛也有了女朋友。不多久，金牛就成了学校记者团的团长，但他很懒散，大三的时候负责了一届运动会后，就不干了。

就是那一届运动会，金牛与狮子算是正式认识了。狮子很牛，像高中的时候一样，又拿了一个百米冠军。他也是审读学弟的新闻稿件时，知道了金牛这个人。因为他从采访稿里知道，原来此人与自己是老乡，还是校友。在颁奖仪式上，金牛看到了狮子。

金牛感情用事，当时便想，难得是老乡又是校友，还是给他作个整版的大专访好了。后来，金牛就约了狮子，作了详细一些深入一些的采访。金牛想，版面大，要是只有狮子的专业素材估计也不够饱

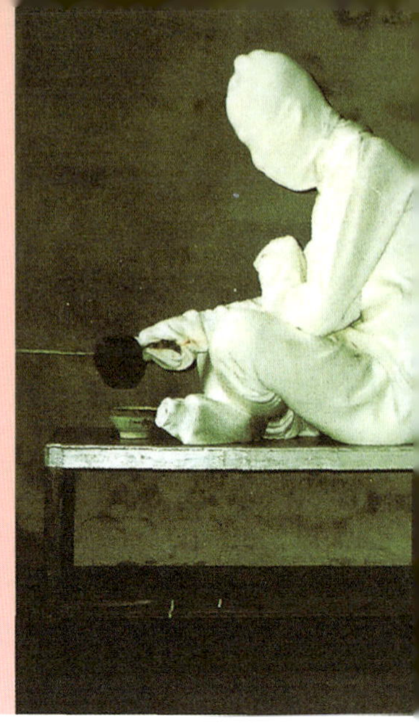

满，所以，在采访的时候，也就跟狮子顺便聊起了感情生活。

狮子竟然从来没有谈过恋爱，这让金牛十分惊讶。现在怎么会有男生到了十九、二十岁依然没有恋爱过呢？金牛起了好奇心，但最后他觉得无趣，就换了话题。因为狮子的情况无非就是心里窝囊地藏着一直没表白却又一直忘不了之类的。

不过，如此一来，两人算是正式认识了，离别前还互留了电话，说以后有时间一起吃饭之类客气的话。结果当晚，金牛收到了狮子的短信，问金牛，他跟自己的高中女友还有没有联系。金牛死心眼，当下就非常不爽，莫非狮子念念不忘的是自己的高中女友吗？

但金牛转念又想：

狮子是怎么知道自己的高中女友是谁的呢？

金牛没有想出答案来。

不过，金牛的脾气来得快去得也快，一觉睡过去，第二天就忘了。也不知道是怎么回事，第二天、第三天，乃至半个学期，金牛每天都能在食堂碰见狮子。当然，这种事情金牛不会想太多，不过时间一久，二人的关系也就亲密了，称兄道弟不足为奇。

因为都是大三了，课程轻松些。平日里，两人也经常一起相约打球、打游戏。又因为都是老乡，住得不远，大三上学期结束的那个寒假，两人也腻在一起。金牛的女朋友是北方人，离得远，寒假期间难免要经常通电话。虽然金牛耐心一般，但对女朋友还是关怀备至，任何时候都不会拒接女朋友的电活。

有时候，狮子跟金牛玩得正开心，金牛一接电话就起码是半个小时，打了一半的游戏要重新来，打了一半的球也没兴致再打了。因为这样的事情，狮子还跟金牛较真过几次。寒假结束开学之后，金牛再约狮子出去玩，狮子都以各种借口拒绝了。

这一回。轮到金牛较真了。

在食堂吃饭两人碰到的时候，狮子也是面无表情，假装没看到。因为这个事情，两人还在食堂打了一架。金牛觉得狮子不可理喻。此后二人疏远了一段时间。这段时间里，金牛竟然发现自己找不到像狮了那样志同道合的玩伴了。

又或者，是金牛的偏见罢了。

金牛的朋友本来也不少，不过是打个球打个游戏，说说话喝喝酒散散心，其实，只要人品好，跟谁一起玩都是差不多的，更何况，金牛与狮子本来也不是一起长大的发小，没有多牢固的感情基础，怎么可能连个像狮子一样能和他玩得开心的人都找不到呢？

大四开学的时候，金牛开始筹谋毕业实习的去向，也到了该确定工作方向的时候。虽然少年的时候那么向往当个前线记者，但如今发现自己并不适合。或许，写东西或者做出版更适合些。那时候，金牛听说狮子去了北京，也不知是不是这个缘故，他打听实习去处的时候，问的都是北京的机会。

狮子是体育特长生，并不是体育专业，攻读的是金融。实习的公司听说是家里人托关系找的，很不错。金牛定下的实习机会是老师推荐的，在一家知名出版媒体。在北京，生活得都不太好。金牛协助出版一本企业家传记的时候，再次遇到了狮子。企业家就是狮子所在公司的CEO。

那段时间，金牛来往狮子所在公司的频率比较高，两人的关系也日渐缓和了些，仿佛就要回到从前的模样。只是实习生不好做，都很忙碌，打球打游戏的日子是回不去了，能做的，也只是偶尔一起找个廉价的馆子吃吃饭喝喝酒罢了。

大学毕业的时候，金牛在写作方面有了些成绩，打算做个职业撰稿人。狮子留在了实习的公司，薪资待遇尚可。与金牛同在北京实习的女朋友不想留在北京，要去上海，所以，女友变成了前女友。

那时候，金牛职业写作的收入不固定，又丢了女朋友，心里不好受。狮子听说之后，就很仗义地搬来与金牛合住，顺便也可以替金牛分担房租，两人成了室友。

有一次，狮子喝醉了酒，说了些让金牛一时不知所措的话。金牛努力忘得差不多，但有些话使尽全力也还是记得。过了几天，金牛拿了稿费说要去旅行一趟。其实，他只是想避开狮子一段时间。这点，狮子也懂。旅行结束回来的时候，金牛发现狮子谈了女朋友。两人如胶似漆，恩爱不已。

几年后，两人都已经颇有成就。狮子依然和那个女朋友在一起，而金牛已经换了很多个。可是，无论和谁在一起，无论换了多少房子，他们依然是室友。他们的女朋友都知道，他们分明已经有足够的钱租一间大房子单独住。狮子向女友求婚的前夜，又跟金牛一起喝酒，单独说了很多。

金牛忘了自己说过什么。

第二天，狮了和女友约了各自的朋友，当然也有金牛。在KTV的时候，狮子向女友求婚了，在座的人都意外得兴高采烈，都激动得热泪盈眶。不管真心假意，那一晚，真的很热闹。每个人都说不醉不归，但到最后，真正醉了的，只有金牛。他彻彻底底地失态了。

那一晚发生了一些事，许多人都假装忘记。那一晚之后，发生了更多的事，许多人都不想再提。只是，再后来，金牛和狮子一起离开了北京。有人说，他们搬去了上海，有人说，他们定居在大理，也有人言之凿凿地说，他们移民了。

为什么要移民？

移了民……才能结婚啊。

我们两个人　陌生又熟悉

爱似乎　来得很小心翼翼

我想问问你　是不是相信

爱来了　这种滋味很美丽

——引自萧亚轩《类似爱情》

/梦一场

杜撰的小说、电影跟现实总有差距。

她喜欢的小说、电影也总是悲剧。她总说，现实中哪有那么多圆满的事情呢？百转千回之后。该散场的还是散场，该团聚的却未必会团聚。是啊，没有几个女人能像她这样理性吧。当理性的女人碰到一个理性的男人，那么，朋友也做不成。

但是遇到感性的男人，就不一样了。

她跟他是在手机聊天软件上认识的。她平时工作虽然不忙，但并不热衷虚拟社交的游戏，平时他找她说话，她都是爱答不理的。后来，她交了一个男朋友，相处得也是不成不淡。国庆的时候，她跟男朋友打算去云南腾冲玩一阵儿。订机票的时候，她手机响了，他问她国庆去哪儿，她说去腾冲。

他又说，那我去腾冲找你吧。
她说，神经病。

在腾冲，她跟男朋友计划待五天。起初，也是一直按照计划，走走看看，到了第五天，两人分手了。原因是，她男朋友洗澡的时候，手机响了，一看来电显示，对方的名字叫：老婆。她笑了，走的时候，义无反顾，也不伤心。所有的悲剧都要自己承受，不能怪别人邪恶，只能怪自己太蠢。

她倒也没有立刻去机场飞回去，而是在马路上瞎逛。没走几步，她的手机响了，他又骚扰她了，说他到腾冲了。今时不比往日，有个

愿意跟自己说说话的人也不错，她和他约了地方，然后怕男朋友找自己说些没用的，便关了机。

到地方之后，她见到了他，吓了一跳——竟然是她的同事。工作好几年。他们每天都见面，但话没说过多少。在手机软件上。他们零星说过几句，她也根本不想知道对方长什么样。如今一见，她很是尴尬，准备掉头就走的时候，他叫住了她。

他已是而立之年的人，她没想到，竟然还有三十多岁的男人会像少年时候一般，喜欢谁却不敢说，却做一些婉转周旋的游戏，并且坚持了好久。大概他真的是很喜欢自己的吧，她想。有那么几个瞬间，她很感动，就像回到少女时代一般。

但毕竟只是像，她早已不是少女了。

在腾冲，她跟他度过了非常美好的几天，一起走路、拍照、喝酒、聊天，也有过牵手和拥抱。但对她来说，她并不打算要在分手的当下又重新开始另一段感情。她跟他也说得很清楚，但他并不介意。她跟他的故事，可能就是这样，刚刚开始就要结束了。

回到公司之后，她一如从前，待他如陌生人。她想的是，都那么久了，她都不曾想要认识他，只能说明她对他并没有兴趣。她总是这么理性地待人待事，即便如此也无法避免遭人暗算，比如已经成为前任的那个人。后来，他调来她的部门，接触的机会更多了。

那年，部门年终聚会的时候，有个女同事跟他表白被他拒绝。他说，他有喜欢的人，可是谁也没听说他有什么女朋友。大概就是因为这件事，那个女同事开始觉得他喜欢的是男人，一传十十传百，很多人都以为他是喜欢男人的。只有她知道，并不是如此。

后来，她主动约过他一次。她让他不如找个女朋友好好过日子，因为公司的流言蜚语给他带来的压力实在太大。他开玩笑说，不要紧，大家都那么想那就顺着大家的意思，找个男朋友好了，女朋友，绝对不行。她问为什么，他说，人人都说婚姻是坟墓，草草了事的不在少数，但他不愿意，他要娶的人一定要是他深爱的那一个。

临走时，她撂了一句狠话：你死了这条心吧，咱俩这辈子都没这可能。说完，她头也没回就走了，却不知道他的表情，不知道他的反应，不知道他内心的波涛汹涌仿佛要置他于死地的伤心。是的，她不知道，一辈子都不会知道。可是，这辈子谁没撂过几句狠话呢？她总是这样安慰自己。

她一直觉得他太单纯，三十多岁的人了，想法还像少年时候一样。其实，她想说的是：他很幼稚。但又有什么办法呢？每个人都有自己想要的生活方式，如果他觉得这样才算不负此生，未必不是好的。之后，她再没有过问他的事情。

他依然保持着在聊天软件上找她说话的习惯，她也依然保持着很低的回复率。以至于，他突然好一阵子没有再联络她，她也没有发现。是在几个月后的一天，他在公司发婚礼请柬的时候，她才恍惚之间想到了点什么。

是啊，他有什么理由一直等她呢？

可是，为什么拿到请柬与他四目相对的那一刻，她是那么那么难过呢？好像，有什么特别重要的东西被别人抢走了，可是，她不是一直以为那是一点都不重要的吗？她不是一直觉得自己是个特别理性的女人吗？还是……在爱情这部词典里，从来就没有“理性”这个词语呢？

我们改变了态度而
接纳了对方
我们委屈了自己成全谁
的梦想

只是这样的日子
还剩下多少
已不重要

——引自那英《梦一场》

/ 勇气

这是两个“坏人”的爱情故事。

因为她跟他认识的时候，彼此都不是单身。她跟他女朋友是闺蜜，关系走得十分近。几乎他与女朋友之间所有的事情，哪怕是隐私，她都略知一二。他跟女朋友刚在一起的时候，与她不在同一个城市，所以，关于他跟女朋友的事情，她都是从他女朋友跟自己通的电话当中得知的。

后来，因为他与老板闹翻离职，新找的工作恰好在她的城市。他的女朋友是自由职业者，所以也跟他来到了她的城市。在这之前，他给她的印象，便是他女朋友所描述的那般：不温柔、不浪漫、脾气臭，但心地不坏。心地不坏主要体现在对小动物的态度上，对人，则冷酷得很。金牛座的嘛，就是这样的吧，她想。

而她之于他呢？

他只知道她是自己女朋友最好的闺蜜。

有个关系处得还不错的男朋友。

至于别的，一无所知。

几人初次见面的时候，两个女人聊得不亦乐乎，两个男人几乎没有交流。散场的时候，几人应景地互留了电话，但她跟他应该都不打算联系彼此吧。他是她闺蜜的男友，当然不方便私下联络；她是他女朋友的闺蜜，自然是不能随便来往的。

但见面的次数又实在频繁。他女朋友喜欢热闹，总要拉上她跟她的男朋友四人一起聚会，聊天、喝酒、打麻将，玩个通宵也是常有的

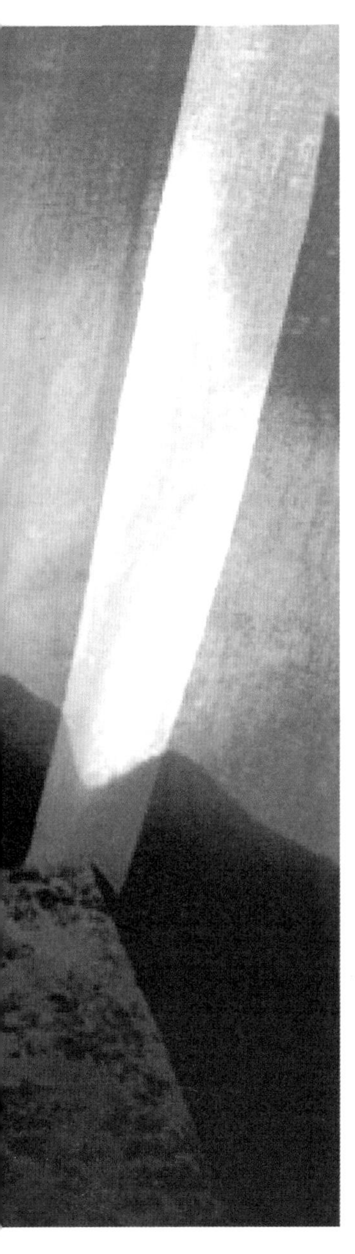

事。接触得久了，她跟他都发现彼此甚是投机，喜好的红酒、穿着审美、常读的书、常听的歌、最爱的几部电影，甚至一些生活里的小习惯都十分相似。

仿佛，彼此遇见了另一个自己。

这样的惊喜应该是难以忘怀的吧。谁敢说，遇到一个连生活细节都与自己如出一辙的人一点儿也不会心动？只是有些人懂得分寸、克制，有些人放任自流罢了。他们都不是没有原则的人，私下里一直都不曾单独联系过。

他的女朋友小产的时候，是他跟她一起连夜送去的医院，也是仅有的一次，她跟他并肩坐在了一起，陪着女朋友，也没有说什么，也或许是都不敢也不愿意轻易说什么。更何况，他的女朋友小产了，彼此都很好地控制了自己的心思。

可是，令人难过的是，他女朋友小产的孩子并不是他的。这件事，其实她是略知一二的，但她不能说。她很想告诉他，不想他受伤害，但是她不可以，一是因为躺在病床上的是自己最好的闺蜜，小产的孩子原本也只是个意外，那一次他女朋友也并不是有意犯错的；二是因为她一开口，就容易显得动机可疑。

本来，所有人都以为，女朋友小产虚弱期间，他与女朋友的感情理应增进不少。甚至有人说，大概经过这一次，他可能就会跟女朋友结婚了。是啊。在这以前，她也经常听他女朋友说起过结婚的事。可是，他女朋友出院之后，他就跟女朋友分居了。

没几天，他女朋友就找上门来跟她吵架，问她为什么背叛自己，为什么把自己的秘密告诉他。她说她没有，但他女朋友不相信。是啊，换作别人，大概也是不会相信的。那件事，他女朋友只告诉了她一个人。可是，有些事情，瞒得了一时，瞒不了一世。

他一直都是个很精明的人。

她百口莫辩。自此，她便与他女朋友疏远了。后来，他打算跟女朋友分手的事情，还是他自己私下告诉她的。他终于忍不住要私下联系她了。她提醒了他很多次，但没有用。而事实上，她也并不像自己所说的那么不情愿跟他私下联络。

半年之后，他跟她撕破了那一张很薄很薄的纸，说喜欢她。她没有说话，因为，说什么都是错。就在她跟男朋友订婚的那一晚，他彻底失态了。他说，人只有这一辈子，他不能还没有拥有就彻彻底底地失去她。她毁掉了一切，所有人都来骂她，一切的过错，都归到了她的身上。

可是，她连拒绝他的勇气都没有。

是从什么时候开始，她也把他看得那么重要了呢？她不知道。一夜之间，她因为他失去了所有的朋友，连个说话的人都不再有。每个人看到她，都指指点点，“不要脸”这样的话她也已经听了不下百遍了。她想，她能够承担这一切，大概就真的只是爱他这一个理由了吧。

因为他那么一闹，两人都单身了。他说，既然都已经这样了，不如光明正大地在一起吧。她不同意。是啊，她怎么能够忍受自己抛弃了未婚夫，转脸就跟自己昔日闺蜜的男朋友在一起呢？她过不了自己心里的那道坎，就像当初无法拒绝他一样。而今，她竟连跟他在一起的勇气都没有。

辞职旅行的时候，她只是想避开这一切。一个人在无法处理生活中所有爱恨的时候。唯一能做的，大概就是离开吧。她去了印度、尼泊尔、斯里兰卡、缅甸、越南……在西贡，她遇见了他。她问他怎么也来了这里，他说，他哪里忍心让她一个人承受所有的过去。

她并没有感动，但喜悦倒是有的，因为，两人都隐隐知道，也许从西贡开始，他们才终于可以在一起了吧。一年之后，他们已经到了西班牙，到了马德里。昔日的朋友，没有人知道他们的行踪。但不知从什么时候开始，有一对打工旅行的情侣在网络上有了越来越高的知名度……

如果我的坚强任性

会不小心伤害了你

你能不能温柔提醒

我虽然心太急

更害怕错过你

——引自梁静茹《勇气》

/ 主动孤独

她是学画画的，喜欢一个男孩很久了，可惜男孩不喜欢他。但她似乎并不介意。她每一天都在幻想着跟男孩不可能的未来，每一天最要紧的事就是为男孩画一幅画，每一天一定不会忘的事情就是睡前发短信跟男孩道一声晚安。男孩却从来没有回过她。

周围的朋友都知道她是个痴情的女孩。

而他喜欢上她的时候，他跟她都是单身。但他知道，她心里有喜欢的人。所有人都知道她心里住着另一个人。幸好，只有少数几个知心的朋友知道他喜欢她。他跟她是熟识的，会经常带着三五好友一起出去玩。

每一次，他都尽量与她保持距离，生怕一个不小心泄露了什么。他想，要是她知道他喜欢她，她一定会狠狠拒绝的吧。是啊，她是那么那么喜欢另外一个人。她对自己单恋别人的事情，也从来不避讳，甚至会经常在朋友面前理直气壮地说一些“说不定哪天我们就在一起了呢”之类的话。

偶尔，他听到这些，心里总是一紧。

难受得厉害。

有一次，朋友聚会，他跟她到得最早。她待他如常人，便跟他说话。他很怕，怕自己一张口就出错，但还是要避免没有交流的尴尬。所以，他就附和着听，附和着说。他看得出来，她今天心情不太好，忍不住就多嘴问了一句。

她说，本来是不打算出来聚会的。她第一次约到了男孩，打算一起看电影。她知道男孩爱喝热咖啡，特地在街上买了一杯揣在怀里等着男孩。已经是冬天了，咖啡很容易变凉的，她非常着急。好不容易等来迟到的男孩，男孩却说，约了女朋友逛街，不能陪她看电影了。而那杯咖啡呢？递给男孩的时候，却被男孩弄洒了。

她说，有些事情可能是注定的吧。

他很想安慰她，可他一句话也说不出来。他只是难过，难过得呼吸都不顺畅了。咽下口水的时候，浑身都在胀痛。人难过的时候，大概总是有些奇怪的身体反应。他以为自己一早就已经适应了，但是，并没有。

晚上，一帮人聚餐结束之后，要去“钱柜”唱歌。她点了一首陈小春的《我爱的人》。他从来不听陈小春，只知道陈小春会跳舞。她唱的时候，他并没有认真在听，他以为这一首只是她唱给男孩的甜言蜜语的歌，他只是盯着屏幕看歌词。

没有想到的是，那些歌词，分明就是他的心声。他忽然就有些控制不住。起身去了卫生间。他很努力地想要把眼泪憋回去，但他终究没有做到。是啊，他哭什么呢？他并没有失去什么，他从来不曾得到，又哪里谈得上失去呢？他想。

她爱着别人，但爱的人不是自己的爱人。

他爱着她，她可能也永远不是自己的爱人。

就是这样的，一首歌，与他毫无关联甚至从未听过的一首歌，在特别的时刻听到了，入了心，就再也忘不了。那句“我爱的人，不是我的爱人”当真是痛进他的心里了。每个人都有自己的私房歌，每一首私房歌都有旁人不能领会的情绪。这首《我爱的人》，竟成了日后他唱得最好的一首歌。

可故事并未伤心收场。

第二天，他经过一夜辗转思虑，毅然决定追求她。他无法忍受就这样眼睁睁地看着自己喜欢的女孩沉溺在对别人不可得的爱情里无法自拔。他是想要拯救她，可他更想拯救自己，得到她。所有人都不看好他，甚至挖苦他、讽刺他，但他并不介意。他知道，纵然结局不乐观，但起码他勇敢了一回。

而最后，当他们在一起的时候，他用现实狠狠扇了别人一记耳光。朋友再小聚唱歌的时候，他们依然会唱那一首《我爱的人》。但那以后，都是两人一起有说有笑地唱下去。至于歌词写的是什么，他跟她也早已不去在意了。

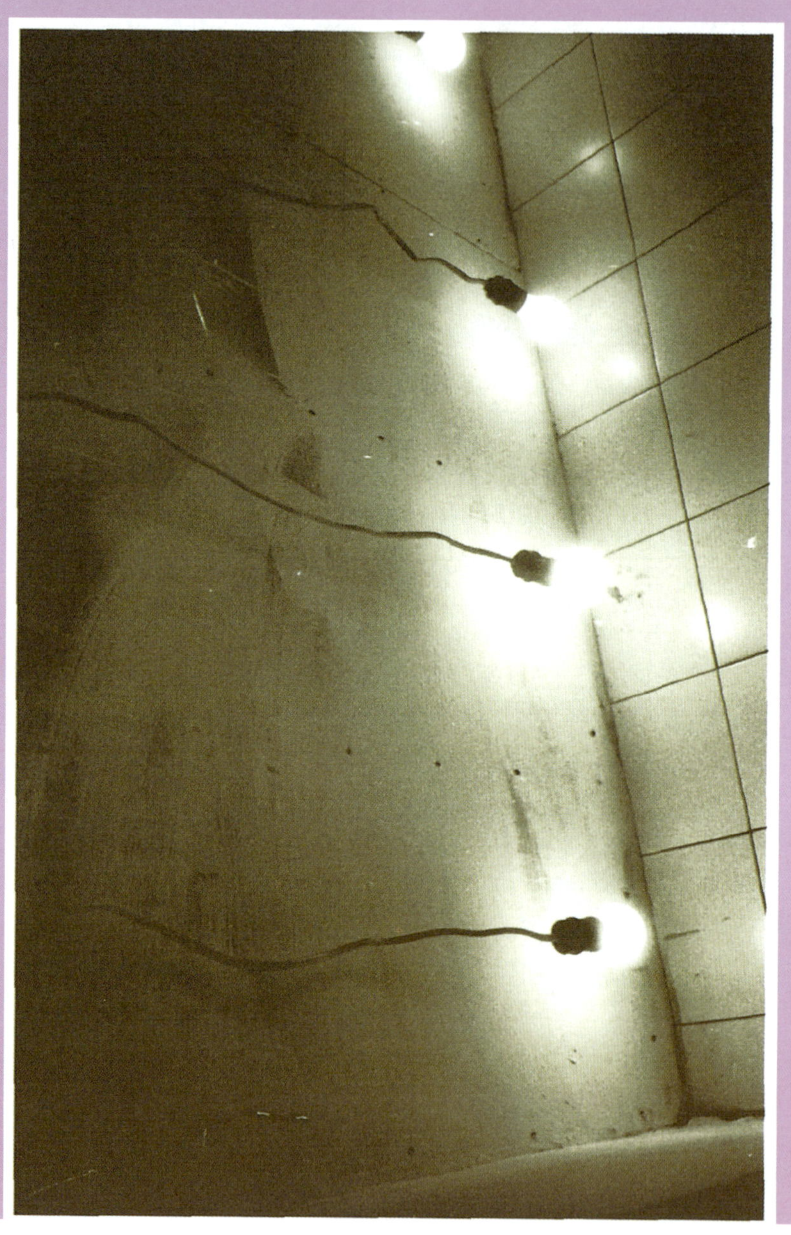

我爱的人
她已有了爱人

从他们的眼神　说明了我不可能

每当听见
她或他说我们

就像听见爱情　永恒的嘲笑声

——引自陈小春《我爱的人》

/ 末日

父亲去世的时候，她崩溃了。

她成长在单亲家庭，只有父亲跟她相依为命，如今连父亲也不在了，叫她怎么能不伤心？那时候，他们刚刚订婚，没有让父亲看见自己穿上嫁衣是她最大的遗憾和痛处。想哭的时候，他的肩膀随时都在。还好，那时候他们在一起。有他在身边，和她形影不离。

结婚的时候，她高兴之余又很难过。是啊，这么大的事，终于能够嫁给他了，她怎么能不高兴呢？可是，婚宴上，连个见证的至亲都没有，她又怎么能不难过？还好，那时候他们在一起。有他在身边，和她形影不离。

怀第一个孩子小产的时候，她又一次陷入崩溃的状态。她猛然觉得，岁月待她实在残忍，命运待她何其不公。她从未做过对不起别人的事情，待人做事谦恭有礼。孩子不在的时候，他时刻在侧，一直说，没关系，孩子总会有的。还好，那时候他们在一起。有他在身身边，和她形影不离。

她是那么懂得知足的一个女子，却一次又一次要与亲人被命运割

离。上司骚扰她的时候，公司上下关于她的流言蜚语一刻不停，甚至传到了他的耳朵里。他自尊心很强，但他相信她，从不怀疑她，只是笑笑，抱着她，说，不如一起辞职去旅行吧。还好，那时候他们在一起。有他在身边，和她形影不离。

在旅途中，她怀上了第二个孩子。但已经结婚三年了，他的父母对她小产之后一直不孕颇有微词，但他时时刻刻都在呵护她保护她，夹在中间，受了不少委屈，却从来不怒不怨。临盆的时候，她体质依然很弱，大出血，险些丧命。他一直说，保大人保大人。还好，那时候他们在一起。有他在身边，和她形影不离。

他给孩子取的名字，叫小恩。孩子上学的时候，他们工作都很忙碌，但再忙再累，他都会按时接她下班，再接孩子放学。后来，她的公司又倒闭了。他说，没关系，我负责挣钱养家，你负责貌美如花，让她在家好好休息。真好，那时候他们在一起。有他在身边，和她形影不离。

他是做设计的，她没有工作的时候，他会接很多私活，经常熬夜。每次看到他，她总会想，命运对她也许并没有自己想得那么坏。她生完孩子之后，身体一直不好，汤药不离口，都是他亲自煎煮，端到她面前。还好，那时候他们在一起。有他在身边，和她形影不离。

她四十岁生日的时候，他在国外出差。有外地的姐妹帮她订了机票要帮她庆生。所以，生日那天，她坐早班飞机，离开了家。刚下飞机，她就听到关于家乡地震的新闻，她差点晕过去。就在这时候，她接到他电话，说家里一切都好，要她安心。他竟然在家里！她不知道他竟然在她生日这天赶了回来。机场人来人往，她还是忍不住大哭了一场。还好，那时候他们在一起。有他在身边，和她形影不离。

后来，她终于还是病倒了，是癌症。得知这个消息的时候，她抬头看了看天，苦笑了一声，又看了看眼前的他，心里立刻就变得好静。也已经过了大半辈子，孩子也有了好工作，她说，要是真的走了，也不遗憾了吧。他说，那不行，他不允许她死。真好，那时候他们在一起。有他在身边，和她形影不离。

好在癌症发现得早，治愈概率很大。他刚刚到了退休的年纪，本来打算好好享清福的，但她的病毁掉了这一切。她每每想到这里，都泣不成声。但他说，不要这么想，他希望的晚年也不过只是把工作的时间省下来，一直陪在她身边，在家或者在医院，都不打紧。她听了，又哭。真好，那时候他们在一起。有他在身边，和她形影不离。

她以为父亲去世的时候，这辈子的眼泪都哭干了，没有想到，他一句温暖的话依然会让五十多岁的她泪流满面。每天在医院，最开心的事情，就是他去附近熟人开的一家饭馆里亲自为她做饭。一大把年纪还浪漫得很，总要把饭菜码出特别的形状来。真好，那时候他们在一起。有他在身边，和她形影不离。

2012 年 12 月 21 号，据说是世界末日。

他说，不怕不怕，有他在，末日也不打紧。是啊。有他在，末日又怎样呢？第二天就出院了。她跟他都很高兴。那天中午，他一如往常出去给她做饭，但没有按时回来。她打电话过去也没有人接。病房外此时一片乱哄哄，好像在抢救一个什么人。她心里又着急又烦躁。不多久，她决定要出院去找他一下的时候。餐馆里的熟人从病房外进来了，还把他做的饭菜端了过来。

她没有吃，问那人他在哪儿。那人不说话。她心里一紧，开始有些失态了。那人没办法，最后如实相告：他走了。饭菜给她弄好后，去买根烟的工夫，就走了，是车祸。她定了定神，一句话都没有说。原来，这一天真的是末日，但只是她一个人的末日。

她看了看旁边的饭菜。

忽然，她倒在床上，用尽了所有的力气，拼了命地大哭起来。

动也不能动　也要看着你
直到感觉你的发线
有了白雪的痕迹
直到视线变得模糊
直到不能呼吸
让我们

形影不离

——引自林忆莲《至少还有你》

之二

想/分开了。

/ 分不开

每个人都会听到过某一对爱人分开又和好，和好又分开，反反复复，没完没了，好像，永远都无法好好在一起，也永远都无法彻底地分手；好像，他们一辈子就只能这样，纠缠不休，永无尽头。这样的事情，可能就发生在你们身边的朋友身上，也可能就发生在你们自己身上。

他和她就是这样。

两人在一起并不容易。先是她有男朋友，他等着。后来，自幼被祖母带大的他又因祖母过世回了老家，祖母临终前又把一个女孩托付给他。她单身的时候，他又有了别人。是有些狗血，但又是事实。好在，那个女孩自己拿定主意要跟他分开，他当然一口同意。

所以，两人才有了机会在一起。一开始，两人都想着，在一起之后要怎样怎样。要一起旅行，要一起找一家咖啡店看书喝咖啡，要一起做饭一起刷碗，要一起养一条狗，要一起……计划这件事，总是充满着希望，感觉特别美好。可计划，总是不及变化。

在一起后的第一个礼拜，两人就吵了一架。他有点小小的洁癖，总是觉得她刷的盘子不够干净，她每每刷洗完，他总要再刷洗一次。她忍耐了几次之后，还是忍不住跟他吵了一架。本来也只是提一嘴，但他说，她连他有洁癖都不知道。她又说，刷个盘子他都不放心她，还在一起干什么。

于是，他们大吵了一架。

后来，他们养了一条狗。小狗需要教导，尤其是上厕所的事情，

适当的打骂总是需要的。可是，每一次小狗在地板上拉屎拉尿他要上前打骂的时候，她总要拦住。于是，一个月之后，小狗依然没有学会在固定的地方上厕所。所以，后来他便不顾她的阻拦，去打骂小狗。她骂他没有爱心、残忍无比。他觉得她无理取闹、不可救药。

于是，他们又吵了一架。

她过生日的时候，朋友送了她一缸小金鱼，她很喜欢。可是，他不知道鱼的记忆只有七秒钟，吃过饭也会忘记，不知道什么叫吃饱。后来，她出差了一个礼拜，他每天都按时喂鱼，只是不知轻重喂得很多，生怕金鱼饿着。她出差回来的时候，所有的金鱼都吃得撑死了，

于是，他们继续大吵。

是，都是一些不算大的事情，甚至还有更小的事情。他有他的洁癖，她也有她的强迫症，就像《老友记》里的莫妮卡一样，只要换了新的床单，她一定要把带商标的一角铺在右下方。但他很随意，她说了好几次，他都觉得这是件微不足道的事情，也就没有在意。只要他铺床单，总会让她生气。

但就算吵吵闹闹，两人也都是床头吵架床尾和，也没有过什么太大的风波，也算安然无恙地相处了下来，并且相处到了第五年。各自的朋友经常会听到他们的抱怨。他抱怨她小肚鸡肠、蛮不讲理，她抱怨他粗心大意，却还要事无巨细地瞎操心。

也许是负能量积压太多了吧，再后来，他们会吵着吵着就大打出手。她总是将他的两条手臂咬到见血，他也会用力推她，甚至抱起她摔到床上。有那么几次，他们想过分手，可是一想到这么多年都过来了，也都忍一忍又过去了。

可是，和好之后，吵架的频率却变得越来越高，以至于，他的一句话，她的一个眼神，都会让两个人怒发冲冠，大吵一架。他们分明是那么相爱，却又总在想方设法地伤害彼此。

发展到后来，她不允许他跟任何异性单独接触，哪怕是再寻常不过的一条问候短信，也会让她大发脾气。昔日，他觉得她讲话直白是可爱，如今，他也开始越发不能忍受她句句带刺不留余地。终于有一天，她跟他提出了分手，他竟然也出乎她意料地一口同意。

是啊，总算摆脱对方了。

他们各自都过了一段无人吵闹的安静生活，每一天都仿佛过得特别快乐。可是，没有办法，纵是再怎样努力，他们依然无法阻止自己会在夜深的时候想念对方。他们能一口否决对方的爱，却始终无法否决自己的心。

她每每听说有谁谁跟他表白了，总会一个人暴跳如雷；他每每听到有人送她上下班，也会心如刀绞。明明分开了，却总怕真的丢失了对方。于是，她便开始假装打错电话，想要联系他。他接到她“打错的电话”，便也会立刻约她出来，抱住她，说上好一会儿想念的话。

可是呢？和好了，不多久又要开始争吵、打闹，循环反复，永无休止。她三十岁生日的那一天，也是他们在一起七周年纪念日。她一个人站在阳台抽烟的时候，他打来电话，说要跟她好好淡一淡。她想，七年之痒大概是有道理的，他连她生日都不记得了，大概是真的走到头了吧。

见面的时候，她害怕极了，生怕他说出那句话来。每次都是她提出分手的，这一次，她犹豫不决的时候，他要跟她“好好谈一谈”。她想，他大概也是想要主动提一次分手了吧。可能，这一次，就真的是最后一次分手了。

在咖啡店里，她如坐针毡。

对面的他，脸色凝重。

周遭的一切也都仿佛黑暗至极。

终于，他开口了。

他说：我们结婚吧。

忽然之间　天昏地暗

世界可以忽然什么都没有

我想起了你 再想到自己

我为什么总在非常脆弱的时候

怀念你

——引自莫文蔚《忽然之间》

/ 猜不透

两个人在一起，最要紧的是沟通。

她懂，但是他不懂。

他家境很差，追求她的时候，周边所有的姐妹都劝她三思，但她觉得没什么，白手起家的大有人在，谁敢说他会穷一辈子。她义无反顾地选择了他。跟其他的追求者比，除了真心，他什么都比不过别人。是的，有真心就够了。只是，她的父母不这样认为。

但不要紧，他跟她都还年轻，还有很多的时间可以奋斗，可以成功。

他们结婚的事所有人都不知道，包括他们的父母。这一步棋，铤而走险。他为了她拼了命地工作，她一一看在眼里。时间久了，他也会乱发脾气。但她知道。所有的一切都是为了她，她觉得让他发发脾气也没有什么大不了的。

结婚的时候，她只有二十三岁，他也不过二十六岁。在当今这个时代，他们算是早婚了。可是，在外人看来，他们只是同居的小情侣，却没有人知道他们已经是名正言顺的结发夫妻了。结婚后的每一天，他都在拼搏，加班、熬夜是家常便饭。所以，婚后的生活其实并不如意。

她独守空房也是常有的事。

没什么，这些都没什么。她在耐心等待，等他有朝一日飞黄腾达。她的工作也不算差，薪水可观，她又省吃俭用，会过日子，几年下来，两人也有了一笔几十万的存款。但这笔存款，放在小地方倒是可以让两个人生活得不错，可是在广州这样的地方，连一套像样的房子也买不了。

她也提过，不如找个离双方父母不远的二线城市定居，但他坚决不同意。已经奋斗四年了，他不想退缩，他要继续努力。他总说，自己穷怕了，死也要在这座城市扎下根。每每听他这样说，她倒也宽慰，觉得自己的丈夫是个有上进心的男人，也就听了他的。

又过了一年，她二十八岁了。不知情的家里人逼婚逼得她有些崩溃，她便跟他说，不如把他们的事情告诉父母吧，但他不同意，说，一定要等他混出个样子来才行，他不愿意被任何人看扁，也不愿意因为自己的条件看她父母的脸色。她理解了他，依然听了他的。

半年后，她说，不如先把存款拿出来订一套小房子，付个首付，这样的话，日后也方便跟父母坦白，他也不会有太大压力。他仍然不同

意。他充满了野心，说，要买就买一套大房子，不然以后有了孩子住起来会拥挤。她一听到孩子，蒙了。是啊，她哪里有他考虑得周到，心里的感动无法言说。自然，她听了他的。

她三十岁的时候，他们结婚七年了。在她生日那一天，他终于给了她一个天大的惊喜：一套大房子的钥匙。他说，他终于可以给她一个像样的家了。是啊，一切看上去都是那么好，一切都向着最好的方向在发展。只是，忽然之间，她觉得他不如以前那么开心了。

依然是无止境地熬夜、加班，但他似乎越发不像从前那样有干劲儿了，开始酗酒抽烟，发脾气的频率也越来越高。她想，没有关系，他真的是压力太大了，直到他第一次动手打了她。他下手很重，她的身上多处瘀青红肿。但那一次，他是喝醉了的。

她心里很难受，但她觉得自己能够理解，能够懂。第二天，他酒醒了之后跟她道歉。她说，没有关系。想了想，她又说，现在家也有了，其实他可以放慢一些步子，也不用有太大的压力。房贷，她的薪水也足以支付了。他听了她的话。忍不住掉了眼泪。

她以为他是被感动了。

其实，不是。

他是内疚。她哪里知道他心里藏着的那些事呢？他不想让她知道，她就一辈子也不会知道。他不想让她知道，加班、熬夜的那些时间，他做了一些别的事情，他挣下来的钱有一半是他的女老板私下给他的。那些难以启齿的事情，他怎么能够让她知道呢？

就在他同意跟她一起回家看父母、告知父母一切的第二天，他竟然消失了。她甚至报了警，也找不到他。她无法理解，他怎么可能一夜之间就人间蒸发了呢？又或者，这根本是他蓄谋已久的事情，她终于开始往最坏的地方思考了。

半个月后，她收到一封匿名信。信封里是他签好字的离婚协议，房子,是他留给她的。她如堕在云里雾里，什么情况都不知道，唯一知道的就是，他要跟她离婚了，她要彻彻底底地失去这个人了。她一辈子也不会知道，他要跟他的女老板结婚了，房子是他跟女老板提出来的唯一要求，他唯一可以为她做的。

是啊，要奋斗到什么时候他才不再是穷人呢？跟女老板结了婚。他再也不用受穷了，穷得只有感情。可是，在他眼里，感情，又能换多少黄金白银呢？他不是不爱她，他只是更爱自己，更爱有钱人的生活罢了。哪怕那些财富是别人施舍的，也总比没有的好，他想。

人世间有太多的东西猜不透。但最痛苦的是，朝夕相对同床共枕的那个人，你从来就没有真正地了解过、懂得过。她用七年的等待。换来了一套毫无意义的空房子，并失去了一段原本就没有人知道的婚姻。而这段婚姻，就像一句废话一样，从未被在意。

甚至，仿佛从来没有存在过。

猜不透　相处会比分开还寂寞
两个人都只是得过且过
无法感受每次触摸

是真的
是热的

——引自丁当《猜不透》

/ 记得

他的弟弟结婚了。

他是伴郎。

弟媳的年纪比弟弟大五岁，还有一个孩子。因为弟媳这个情况，这桩婚事被耽搁了很久。平时，弟媳就对弟弟非常好，好得像个长辈。婚宴上，弟媳也特别有魄力地拿着话筒对在场的人说了一段感人肺腑的话，大致是说感谢他的父母最后接纳了她、不再嫌弃她之类的话。包括父母在内的很多人都忍不住泪流满面，但他没有。

可是，当弟媳对弟弟说了那句“以后不管发生什么，都有姐罩着你”的时候，瞬间戳中了他的泪点，他低头差点哭出声来。那时候，她也经常对他说一模一样的话，在他被开除的时候，在他的爱犬遭遇意外离世的时候……

他跟她不是姐弟恋，她跟他同年生，但她要小几个月。两个人是大学毕业面试同一家公司同一个职位的时候认识的，可是名额只有一个，她得到了工作机会，他没有。但他不眼红，觉得她是真的优秀，不管是履历表，还是她面试时的表现，他都是望尘莫及，他甘拜下风。

面试结束的时候，他跟她要了电话。他说，自己要向她学习，以后有什么事情还想向她请教。她很大方地留了电话。面试结果出来的时候，他一点儿也不意外，还打电话要请她吃饭庆贺一下。不过，最后是她埋的单，她说，等他找到工作再请不迟。

但工作找得不顺利，他将近一年的时间处于无业状态。最后，还是她把他招进了公司。她是策划主管，他只是小小的销售，但他能吃苦，半年下来，便小有成绩，加上销售提成，他的收入比她的还要高。到这个时候，他才觉得自己有资本跟她表白。

喜欢她这件事，连他自己也不知道是什么时候发生的。

但，就是发生了。

她觉得他是个老实诚恳的人，没有拒绝。两人在一起，激情谈不上，但生活的各方面都十分和谐，几个月下来，两人就像一对老夫老妻。但后来，他跟销售主管打了一架，大概是销售主管生怕他挤掉自己的位置，存心刁难，他忍无可忍就动手了。

他被开除的那天，她什么话也没有说。下班之后，叫他出来一起喝酒。微醺的时候，她终于安慰了他一句。她说，“以后不管发生什么，都有姐罩着你”。他听了，乐得笑呵呵，其实心里感动得一塌糊涂。换了公司之后，他依然做得有声有色。

30

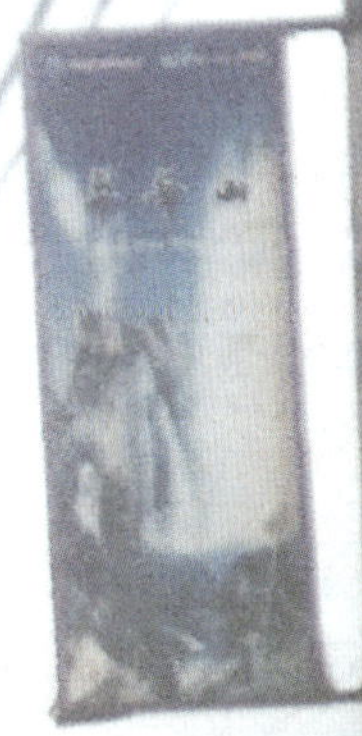

她知道他养了一只狗，中型犬，没有品种，是他大学时候捡到的，现在已经六岁了。决定同居的时候，她不确定自己是否能够和他一样照顾好那只狗。毕竟，她觉得自己不是一个细心的女人。可是，当走进门被那只狗浑身舔了一遍后，她觉得她可以。

她甚至比他更在意狗有没有按时吃饭，下班之后有没有定点带着出去散步，以及狗年纪渐老之后需要注意些什么。他没想到，她连狗的事情也可以帮他分担那么多。狗遭遇车祸的那天。她正在超市。他只不过蹲下系鞋带的工夫，一辆私家车飞驰而过，将狗撞死。

她得知之后，立刻丢掉手里所有的东西，飞奔回家。跟他一起把狗送去了医院。可是，最后，狗还是走了。他伤心欲绝，哭得像个小孩。她咬了咬牙，冲回家，四处奔走，调出了当时马路附近的临控，硬是找出了肇事逃逸司机的车牌号，又托人查到了住址。当晚临近深夜 11 点了，她包了辆车，叫了一帮人就杀了过去。

她不是想闹事，要的就是那人一句很有诚意的“对不起”。撞死了狗就跑。这算怎么回事？她咽不下这口气，更重要的是，她是要让那人对得起他的伤心。但那人不识抬举，蛮不讲理，她带的一帮人便一顿砸打，出了口气。离开之后，她跟他一起把狗埋掉，然后拍拍他的肩膀说，“以后不管发生什么，都有姐罩着你”。

可是，最后他们分开了。

打算结婚的时候，婚前体检的结果告知她不能怀孕，且无法治愈。她很心平气和地跟他提出了分手。她说，哪怕他不介意，她自己也不愿意接受自己一辈子不能做母亲的事实。她说想要一个人静一静。她是说一不二的女子，有时候比他还要强势。他点了点头，说要等下去，等到她接受所有，然后嫁给他。

分手那天，她跟他安静地坐在天台上，喝着从小卖部里买来的一打听装啤酒，聊的都是大学里的事情，就像两个久别重逢的知己、故人。也真的有那么几个瞬间，他们都觉得，要是能一辈子都这样下去就好了。可是，今天，他们是以一对情侣的身份来谈分手的。也许，分手的时候歇斯底里更像回事，哭一场好像也是必需的，但他们都不想这样。

可是，心里的痛却控制不了。

都想做个大气的人，连分手也都要各有风度。可是，伪装得再好又有什么用呢？抵不过，将来别人重复了一句昔日彼此说过的话，就把自己带入万劫不复的回忆里，一个人躲起来舔舐伤口。

谁还记得是谁先说

永远地爱我

以前的一句话是我们

以后的伤口

过了太久没人记得　当初那些温柔

我和你手牵手说要一起　走到最后

——引自张惠妹《记得》

/ 生命不能承受之轻

你到底喜不喜欢我？

你到底爱不爱我？

你到底有没有喜欢过我？

你到底有没有爱过我？

在这个地球上，每天都有无数人在问这些问题，都有无数人需要回答这些问题，都有无数个这样的问题在人群里被问来答去。可是，这些问题有时候根本就是毫无意义的，根本就不应该被提出来，也根本没必要被回答。

因为，爱与不爱的事情一直都摆在那里。

根本就是彼此心里很清楚的事情。

只是，每个人都需要经历那么一段似是而非的感情来搞清楚自己的爱与不爱。她运气不好，遇见他是在他懵懂无知到连自己的心也不足够了解的时候。他那么招人喜欢，他说自己喜欢她，她也就当真了。哪个女人在年轻的时候没有一点虚荣心呢？别人都喜欢的男人说他喜欢自己，任何女人都会心动的吧。

她知道他谈过很多很多的女朋友，也知道自己可能、也不过、只是很短暂的某一个。但当她真的投入之后，她还是变得日日惶恐不安。可是，旁人都看得出来，他待她似乎是有几分真心的，是与对待昔日的女朋友们完全不一样的。

他知道她爱喝咖啡，就买了一台咖啡机回来，亲自为她煮咖啡。他知道她爱吃柚子，下班再晚都要给她带回一袋柚子。他知道她喜欢三毛的书，几乎为她买下了市面上所有版本的三毛作品。他还知道她私下里有集邮的习惯，现在还有几个人在集邮呢？他觉得她有趣极了，还特地让国外的朋友买了不少各式各样的罕见邮票。

是啊，她真的是个很有趣的人。

身边的朋友无一不觉得她有趣，连他也是这样认为的。可是，除了有趣，她还有什么是值得他喜欢的呢？她短发，皮肤黑黑的，从不喝酒，还五音不全。他不是喜欢长发、白皙、酒量好、唱歌动听的女人吗？但其实，连他自己也不知道自己喜欢什么样的女人。

她不是没有想过这些问题，可是她不敢想得太深入，能在一起，她就好满足了。他写书、画画、当平面模特，也不是个自大无礼的人，在任何人看来，他几乎都是无可挑剔的。既然如此，哪怕他只是觉得自己有趣，那又怎样呢？起码，他待她跟对待以前的女朋友们大不一样，好像是真的有感情的。

有时候，她甚至会希望自己能够把自己在他心中的“有趣”，一直保持下去，那样的话，应该也会在一起很长久的吧。所以，她忍不住跟他讲了几句关于“将来”的话。就是这几句话，吓到他了，把他从对她有趣的好奇当中吓得惊醒过来。

他是个被女人们宠坏了的男人，宠得连爱的感知、动心的能力都消退了。连他自己也知道，自己是个没有长性的男人。每个女人都喜欢他，喜欢得他已经不知道什么叫作动心了，仿佛说喜欢一个人是再轻易不过的事情，至于在一起也更不是什么大不了的事情。

可是，这并不意味着他要跟谁一生一世。

包括她。

其实，他真的很不错。他甚至自己都会常常提醒自己要努力变得有责任心，想要回到最初知道什么是动心的年纪。可是，这是需要时间的，可能，很快就好了。但她出现得还是略微有点早。分开的时候，她甚至都无法让自己恨他。他什么都没有错，要是真有什么错的话，那也只是她出现的太早，她觉得。

同居的时候，是她跟他一起租的房子，但分手的时候，她连让他搬走都不忍心。离开的时候，他送了她好久。最后，她终于忍不住，把他赶走。那天，是田馥甄发表新专辑的日子。她常去的那家24小时咖啡店正播着田馥甄的《还是要幸福》。把他赶走之后，她一个人在咖啡馆待了一整夜。

听歌听到哭。

是啊，这首歌分明就是写给她的。

最坏的事情，也不过就是一个对自己无微不至的人，并不是爱自己。最远的距离，也不过就是一个跟自己朝夕相对的人，从没想过一生一世，不弃不离。最差的心情，也不过就是一个和自己再没有可能的人，却要永久地住在心里，不会离去。

这一些，她都爱得了。

唯一快要承受不了的是：

她至今依然希望，他能够早一点找回那一颗会爱的心。

还我钥匙的备份

我觉得再见可以很单纯

我甚至真心真意地祝福

永恒在你的身上先发生

——引自田馥甄《还是要幸福》

/ 分手时唱支歌

分手的时候，歇斯底里一把仿佛更像回事。

起码，要大哭一场吧，哪怕躲着不让人知道。

以前，她也是这样觉得的。

他是个极其正面的人，正面到跟他在一起的时候，她有哪怕一点点的负面情绪都觉得是不妥当的。他常挂在嘴边的一句话是，不管遇到什么事情，发生了就是发生了，人只有一辈子，与其消极对待，不如乐观看开。她觉得，他不是如什么温暖阳光照耀别人，他简直就是盛夏的烈日，炙烤着他身边的人。

想要不被他影响到，都几乎不可能。

但这并不表示，他朋友很多，很受欢迎。如果有人遇到不舒心的事情被他知道，他一定会像个长辈一样谆谆教导。可是人生为什么一定要永远保持圣人一般的通透和正面呢？跟他在一起的人，有时候连痛快哭一场的机会都没有。所以，时间久了，他就变成人群里那个讨人厌的人，大家连朋友也不想跟他做了。

只有她，很享受这一切。

她就觉得，他是自己生命当中最需要的那一种朋友。因为，她自己就是一个超级哀怨女。所以，能有他这样一个朋友，她觉得自己的生活简直是焕然一新。因此，她非常喜欢跟他待在一起。然后，变成了时时刻刻都想跟他待在一起。最后，他们就真的在一起了。

总有姐妹问她，怎么受得了他那个人。跟他在一起，不仅无法变得跟他一样正面，反而会变得更压抑。每次听到这些，她都会帮他解释，跟所有人表达他根本就是这个世界上的珍宝之类的意思。于是，几次之后，姐妹们也就懒得再问了。

倒是她真的变得跟从前不一样了。在这以前，连小到一则不起眼的猫狗走丢主人遍寻不见的新闻都会搞得她整日恹恹的，见谁都要抱怨几句。也不是个讨巧的性格。跟他在一起之后，她变得平静很多，不至于因为太小的事情跑去跟姐妹谈心一整晚了。

所以，时间久了，偶尔也有那么几个瞬间，她身边的朋友会觉着他可能真的是个不错的人。可是，一个男人很正面不表示他就是个不会犯错的圣人，他反而很有可能会变成那个犯了错也可以把自己劝说得坦然又淡定的人。这一点非常可怕。但在他犯错之前，没有人能料得到。

他在某个通宵加班的夜里，跟女同事发生了莫名其妙的一夜情。事情被她知道，是因为他次日毫不隐瞒并且理直气壮地亲口告诉了她。他说，他不希望自己有负罪感，要把内疚的时间控制到最短。他说，为了免去自己的良心不安，他必须告诉她。

她被他的一番话惊到了。

她突然很想笑场。为什么相处这么久，她没有发现他是一个这么自私可怕的男人呢？不是自己低估了他，而是自己太蠢，她想。她忽然觉得面前这个男人瞬间从天使变成了恶魔，他的一番话简直可以写进某个类似《失恋33天》的剧本里。

那晚，她是一夜长大，脱胎换骨。分手了，她当然伤心，但分手而已，要死要活毫无意义，不如找三五好友喝酒聊天玩乐一夜，把不堪的记忆用最快的速度掐断。不去想，也就不存在什么记得或是遗忘，也就不会被糟糕的往事影响。是的，她在向他学习，能变得这么洒脱，她觉得这也算是他的功劳。

酒过三巡，她对姐妹们说：

我要写篇文章，题为《我的前任是极品》。

情人节就要来了

剩自己一个

其实爱对了人

情人节每天都过

——引自梁静茹《分手快乐》

/洋葱

在一起一个月后，他们就分手了。

是他跟她提出的分手。

得知是他提出分手的时候，他们身边所有的朋友都跟当时的她一样，目瞪口呆。是啊，怎么能不惊讶呢？他喜欢了她那么那么久，追求得那么那么辛苦，她才答应跟他在一起的，他怎么能这么不珍惜呢？他怎么舍得下她呢？他怎么能有这样不顾一切的勇气呢？

他又何尝不知道这些。

可是又有什么办法呢？

两个人能在一起是一件事，两个人相爱又是另一件事。相爱的人未必能够在一起，在一起的人又未必是相爱的。世事常常是不合逻辑、没有人情味的。但又能怎么办呢？时光如水，无言的总是那一些百转千回的爱。

其实，要是两个人相爱却不能在一起，或者两个不相爱的人在一起，都不能算是最让人难过的。最让人难过的是，在一起的两人，一人爱着，一人不爱，却又走到了一起。这个道理不是所有人都懂，这些话也不是所有人都能理解的。

但没有人会比他体会得更深刻了吧。

她从来不缺男朋友。他喜欢她的时候，她是万人迷，而他无人问津。他默默关注她的那些年，她交往过的男朋友或许连她自己都不如他记得清楚吧。爱慕漂亮女生的男生总是很多的。在大学里，哪有

男生不想有一个惊艳的女朋友呢？虽然男朋友一换再换，但她不坏。因为“被喜欢”这种事，哪个女生不受用？

他想，可能自己喜欢她的动机，大约也不过就是跟旁人一样的简单吧。所以，他也从来不觉得自己要比旁人更值得她喜欢。可是，“喜欢”这种事，发生了，总是难以控制，甚至难以收场。好在他们一早就认识，平时也会说上一些话。

起初，他觉得这样已经很不错了。

大学毕业之后，他们在同一家报社上班，两人才算是从能说上话的熟人变成了名正言顺的朋友，偶尔也会一起吃个饭。每当她有个什么事情，他也是随叫随到，风雨无阻。但那时候，她也只是觉得，他老实忠厚、待人真诚罢了。除了使唤使唤他，她也没有往别处想。

其实，若是毕业分开，不常见面，大约他的喜欢也就慢慢淡下去了吧。但命运爱开玩笑，偏偏他与她在同一屋檐下，日日要见着她。如此，教他如何能收得住内心的情动，只会愈演愈烈，再难自拔。

时间久了，她才觉得他或许真如旁人私下里所讲的，对自己也有几分喜欢的吧。但因着这样的缘故，她反倒不像之前那般使唤他了。虽然对他不曾心动，但与他做朋友，她却也是真的放心和开心。毕竟，他如果真是喜欢自己这么长久，又从来不曾打扰自己，也实在是珍贵的，她想。

于是，她后来也与他掏心掏肺地说心里话，无论是工作上还是感情上，但再不像往常那般使唤他，只是他总是热情不绝地想要为她做些什么。除非，她遇到他身边什么让自己心动的人，却又不好意思主动开口的时候，才寻他帮帮忙。

人都是一样的，动了感情的时候，不论男女，做事总会多少失些分寸。找他为自己羞于启齿的情动帮忙的时候，她也未曾多想，这样做，其实会伤到他，伤得很深，也说不定。

直到她第一次意外怀孕堕胎分手之后，她开始觉得感情是那么不靠谱的一种东西。那是她生命里的第一个孩子，她伤心欲绝。虽然他常常陪伴在侧，安慰她、开导她、劝说她，但是没有用，她不是一个擅长管理情绪的人，她变得敏感、多疑，对人不信任。

那时候，竟然只有他，才能真正靠近她。

其实，他不是没有后悔过当初的决定。他理应与之相敬如宾地当一世知己，不该迈出那一步的。但他只是忽然觉得，对于她而言，自己仿佛变得重要一些了。于是，他便想着，也许可以走得再近一些了。于是，他便把藏在心里多年的感情告诉了她。

她只是叹了口气，没有回应。

她多希望他不要像别的男人一样对她说出那些一文不值的情情爱爱的话，她只是想与他这样贴心地当一世知己就好，但最终还是失去

了。他的好，她当然明晓。但她有些气，气他说了那些话，气自己和这个唯一被自己信任的人连朋友也做不成了。后来，她开始为难他，但他任劳任怨，也不委屈。

终于有一日，她不忍心继续为难他，竟一松口说了“在一起”的话。“在一起”三个字，之于她是一时情急，忘了形；之于他，却是天雷勾地火的大事。虽然，看上去他们不过只是又回到当初掏心掏肺的相处阶段，仿佛与从前并无二致，但在他心里，他以为终于如愿以偿了。

可是，感情，它真的是个谜。

吃饭、看电影、聊天，也会拉拉手，但也就是这样了。生活仿佛不曾有什么变化，甚至，连她偶尔对他玩笑说出自己对谁心动的话，也与昔日里没有差别。只是，而今，她说出口后，便有意识地不再往下讲了，有意识地移开话题了。

她当然不是故意的。她只是不小心忘了如今他们已经是恋人了，她只是不小心忘了自己从未在他身上发生过那件叫作“喜欢”的事情罢了，她也只是不小心地深深、深深、深深地伤到他了。

他又何尝不知道，她只是还没有习惯，可能永远也不会习惯与他以男女朋友的身份来相处罢了。他又何尝不知道，她能答应和自己在一起，根本不是因为喜欢自己，只是因为太缺乏安全感，太需要一个值得信赖的男人在身边罢了。

可是，“在一起”这件事，除了相爱的两个人，之于他与她而言，真的仿佛是一种禁忌的游戏，是不能轻易触碰的，否则，便是玉石俱焚、死不复生的结局。可是，如今他明白了这个道理，却不得不保留下那苟延残喘的最后零星一点的自尊，离开她。

盘底的洋葱像我

永远是调味品

偷偷地看着你

偷偷地隐藏着自己

——引自杨宗纬《洋葱》

/ 不哭

他很花心，这她一直都知道。

但她爱他，爱得不顾一切。

所以，她一直忍着，一忍再忍。

那一晚，他不知道是第多少次跟她说了，要出去喝酒，不知道几点回家。她以前都会点点头说，“好”，然后，给他做好可能是夜宵可能是早饭的一餐，在桌上摆好，再一个人坐在沙发上看电视，等到深夜 12 点才去睡觉。但这一夜，她一句话都没有说，闭上眼，躺在床上，等着睡着。

这一夜，她想的事情仿佛比她一生所想的加起来还要多。凌晨 5 点的时候，他还没有回来。她起床洗漱好，然后自己吃了一点，去超市买了一包烟，坐在沙发上，开始抽。第一根，呛到了；第二根，依然呛；抽完半包的时候，忽然就顺了。

最后一根烟，连同打火机，她一起放进了烟盒，然后带在了身

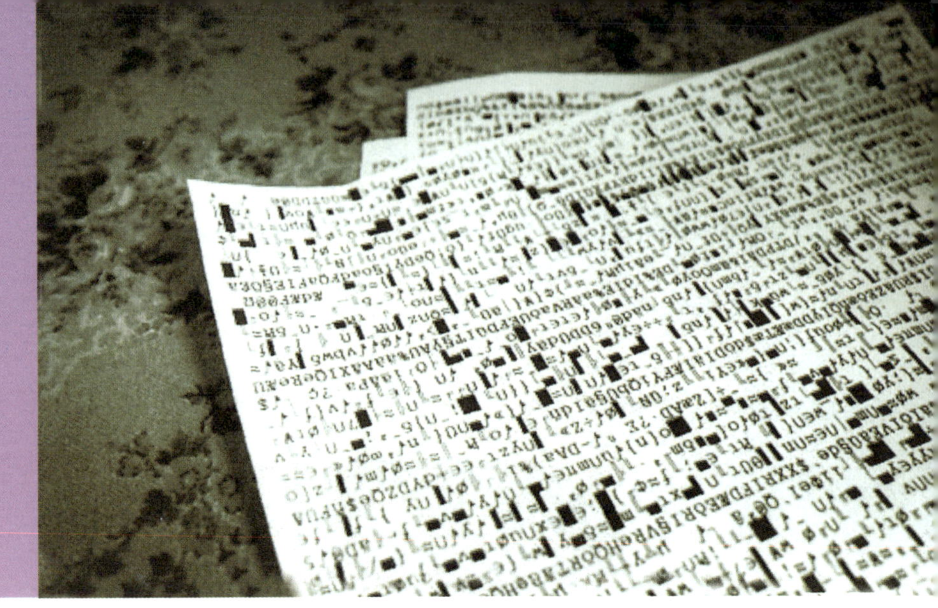

上，去梳妆台前简单地化了个妆，准备去上班。她给公司做内参，工作不忙。那一天，她一如往常，笑脸迎人，温静有礼。有同事过来关心她和他的婚期，她也只是笑笑说，还不知道。

是啊，不知道，她也很想知道，他到底什么时候会娶她呢？但她不敢问，怕他生气。她也不知道，为什么在爱情里会出现谁害怕谁这种事情，不是应该只有相亲相爱吗？其实，她不是不知道，自己害怕的，并不是他这个人，她害怕的，只是失去。

即便她自己不愿意也不敢承认，但事实上，她还是知道，自己长得不好看，很不好看。但是他长得好看，浓眉大眼高鼻梁，人人都说他长得好看。他同意跟她在一起的时候，她高兴了好久，是真正的喜出望外。是啊，喜欢他的人那么多，她怎么也想不到会轮到自己跟他在一起。

是的，她对他很好，好得无微不至，好得像个保姆，好得离谱。

她甚至跟他所有的狐朋狗友都推心置腹，事事照顾。所以，最后，他选择了跟她在一起。能在一起，或许，还因为她有一些才华吧。她还是一个作家，虽然不常常一起出门，但有人问起来，知道他的女朋友是个作家，应该也算体面吧。

可是，在一起了，她却并不快乐。曾经，他是她生命中最大的梦想，可如今，他的样子并不如自己想得那样慈眉善目，甚至是盛气凌人、咄咄逼人的。她不是不委屈，但又有什么办法呢？她实在没有放弃他的勇气。

她也承认，自己并不像曾经写信给自己的读者想得那样深刻，她也会肤浅地因为他的好皮囊而爱得不能自拔。说到底，她也只是个有些才华的寻常女子罢了。她也不是没有一个人躲在被子里哭过。她发现他跟别人暧昧的时候哭过，发现他跟别人调情的时候哭过，甚至在发现他跟别人上床的时候哭过。

可哪怕是这样，她也只是哭过，就算了。

对，她不自信。她也想变得自信，可是，自信这种东西，不是说有就能有的。这个世上，因为财富，因为样貌，因为其他各种匪夷所思的缘故，两个人走在一起的事情都是有的。但她从来没有听人说过，有人爱上谁只是因为那人有才华。

这样的事情，或许也有，但那也只是小说和电影里的事情罢了。连她自己都会以貌取人地爱上这个英俊的男人，又何况是别人呢？她也都能理解。所以，她只有忍着，忍一分钟，忍一个小时，忍一天，忍一年，甚至，她也希望自己能够忍一辈子，忍到死。

每晚下班回来，她都会写作。但她只写小说。写的都是正剧，都有一个花好月圆的结局。小说可以虚构，但现实不可以。这一天，她下班回家的时候，他正在家里睡觉，睡在她的床上，也是他曾跟人偷情时用的那张床。

他是不工作的，一直都是她养着他。她觉得这没什么，他能够愿意跟她在一起，她就觉得这已经是自己几生几世修来的福气和恩德，花点钱算得了什么。她愿意养着他、照顾他，甚至供着他，像个母亲，甚至像个保姆，都无所谓。

这一天，她忽然在想，她想要的“在一起”真的就只是眼下的这种有名无实的同居关系吗？不，同居都不算，他更像是走亲访友的住客。只是，别人住三五天，他住三五年。有时候，她甚至会想，或许他还是有一点喜欢自己的吧，毕竟，已经三五年了。如果一点都不喜欢的话，怎么能够坚持下来呢？

可是，衣来伸手饭来张口还四处撒野的自由生活，别说三五年，怕是一辈子，有的人也只会觉得不足够吧，又何况是三五年呢？哪里用得着什么坚持。

这一天，她依然做了一桌的饭菜，等他晚上七八点的时候起床。做完饭，她还帮他收拾好了衣物，一件一件整理好，有条不紊地做着每天都要做的一切。平常，差不多这个时候她就坐下开始听音乐、写作，但是今天没有。他起床之后，也如平常一样，视她为空气，刷牙洗脸，吃饭打扮，准备又一夜的夜生活。

只是家里有一点不同，但他没有发现。他打扮好准备出门的时候，还哼着歌，看也没有看她一眼。正抓着把手准备开门的时候，她叫住了他。他漫不经心地回头瞥了一眼，“什么事”这样的话他都懒得开口问，只等她自己开口说几句跟平日里一样的“路上小心”“早点回家”。听完，他就会走，头也不回地走。

但她今天说的是：

我们分手吧。

他没有发现，今天，他的一摞一摞整齐干净的衣服，没有被她放进衣柜里，而是放进了他的行李箱里。是的，这就是他在这个家里的所有了，也是他可以带走的所有了。他愣住了，似乎打算说点什么，但她只是干净利落地把行李箱推到他的面前，打开门，把他送出了门口。直到他背后那扇门关上的那一刻，他才回过神来。

靠在门上，她静了静，嘘了一口气。

她以为她会哭，但是她没有。

被爱是奢侈的幸福

可惜你从来不在乎

——引自辛晓琪《领悟》

/ 空欢喜

王菲离婚了。

她知道吗？

他在想。

每天他都会听一次王菲的歌。王菲的每一首歌，他总是反反复复地听，听不厌倦。他常想，说不定再没有人比他更熟悉王菲的歌了吧。每一首歌的词曲作者，每一首歌被收录在王菲的第几张专辑里，排在第几首，他都知道。这一天，听说王菲和李亚鹏被证实离婚的时候，他突然很难过。

是啊，挺遗憾的，都已经八年了。

可是，王菲的事情又跟他有什么关系呢？

2000年夏天的时候，他们都还刚刚上大学，都疯狂地迷恋王菲。他们是在KTV认识的。她的歌声很美，

但从头到尾，她点的全是王菲的歌。他一直坐在角落，没有存在感地听大家唱歌。她唱王菲的歌时，他便会偷偷看着她。

他追求她的时候，王菲和谢霆锋的绯闻被曝了出来。她说，如果王菲真的和谢霆锋在一起，那她就答应他。后来，他如愿了。只是三年后，王菲跟谢霆锋分手了，而他们也恰好走到了尽头。于是，以后

他再也没有遇见过在 KTV 执着地只唱王菲歌曲的女孩了。

2005 年夏天的时候，他听说有人向她求婚。那时候，她也这样跟别人说，要是王菲跟李亚鹏真的结婚了，她就答应。当时，他觉得她真是个小孩子，这么重要的事情，她怎么能决定得这么草率呢？他想，她跟那个人应该也长不了的吧。

她总说，除了他，再没有人跟她一样热爱王菲了。因着这缘故，他们一直保持联络。她最爱王菲的《花事了》，他最爱的是《乘客》。他觉得，他们喜欢的是同一首歌，只不过是粤语和国语的差别罢了。但她一直强调，这是不一样的，完全不一样。

后来，她出国了。

八年过去了，他们终于还是断了联络。他一直没有办法忘记她，只要王菲的歌声还在，他就忘不了。有时候，他会想，她是不是还是像当初那样，跟他一样疯狂地迷恋王菲呢？这天晚上，他用手机听着王菲的《花事了》，总是希望王菲和李亚鹏离婚的事情不是真的。

凌晨，他接到了一个陌生电话，是她打来的。他不知所措。八年过去了，她竟然不曾忘记他，还找到了他的电话号码。她回国了。再见面的时候，他们聊了很多。他忽然发现，以前那个活得热烈肆意的小女孩，终于长大了。

后来，他问，还听王菲吗？

她笑了笑说，不听了。

那一刻，他心中五味杂陈。是啊，他想得太多了，谁会像他这么执着地傻、傻得这么执着呢？连他们之间唯一的共同点也没有了，他还有什么理由继续抱着对她的幻想继续生活呢？那天，他们一起吃了晚饭，还看了一场电影。去KTV唱完歌送她回家的时候，他的车里放的王菲专辑刚好播到《乘客》。

看上去，真是有几分应景。他忽然想起来，自己还不知道她为什么回国，于是，就问了一句。她开玩笑地说："本来也不知道，现在知道了，是为了离婚回国的。"当然，这是他幻想的。她回答的是，祖父去世，回来探亲。

一个月后，她跟他又在一个饭局上见面了。他问她怎么还在国内。她说，不走了，世界再大，总要回家。后来，他才知道，她其实真的是回国离婚的。但这一次，真的不是因为王菲，只是一个巧合罢了。晚上，一帮人在KTV唱歌，他还在等待着什么，只是当他看她的时候，她已经躺在沙发上睡着了。

是啊，过去那么久了，往事都睡了，他还在期待什么？有些事，过去了就是过去了；有些人，总有一日还是要放下的。人生就应该拿得起，放得下，总要重新开始的。忘不了的，也请封存起来，当成秘密，写成小说吧。

88 TR
SOFT
EJECT
FASHIONABLE
2L 610-1

让我感谢你

赠我空欢喜

记得要忘记

和你暂别又何妨

——引自王菲《花事了》

/ 我们说好的

他像个小孩子一样，拉住她的手不让她走。

她最讨厌的就是他这副任何时候都不潇洒都不磊落也没有男子气概的样子，连分个手都比女人还要爱拉扯。但她又没有自己想得那么狠心、那么坏，想要骂他一顿，却不忍心开口。只听到他一个劲儿地跟她重复地讲："我们说好的……我们说好的……"

可是，当初她不就是因为觉得他的孩子气很可爱才跟他在一起的吗？最难过的，大概就是分手的理由跟在一起的理由如出一辙吧。昔日怎么看他都舒服，而今怎么看他都反胃。人真是个奇怪的动物，爱的时候，分开一秒都是煎熬；不爱的时候，连一句话都不愿意多说。

从一开始，她的朋友们就不看好这段感情。她三十三岁，他才二十四岁，她比他大那么多，任何人看在眼里都是满腹的质疑。当初，她不是没有犹豫过，都已经到了别人觉得再不嫁人就可能嫁不出去的年纪了，竟还跟一个年纪那么小的男孩谈情说爱。

但那时候，她想，如果没有遇到合适的婚姻伴侣，为什么还要错

过一段可能纯真的爱情呢？也许，跟他在一起，还有一点虚荣的私心吧。这么多年了，她没有遇到过一个像样的男人，一个年轻优秀的男孩子摆在面前，叫她如何敢轻易狠心拒绝呢？

跟他在一起，好像自己也年轻回去了一样。虽然女友们都在骂她“老不正经”，但她想，她们多多少少还是有那么一丝丝嫉妒的吧。她并没有想错，女友们私下趁她不在的时候，也会开玩笑地说两句“要是能有个年轻的男朋友就好了”。

可是，当他向她求婚的时候，她被吓到了。她只是想跟他谈谈恋爱，

重温一下丧失了的过去的热情，她从来没有想过要嫁给一个年纪那么小的男人。她想，纵然自己已经三十多岁，甚至年薪百万，也不至于要找一个一穷二白的大学毕业生。是的，她对他的某些条件还是介怀的。

可就算他是富二代，有大把的金钱，她也不敢嫁给他的，她不敢冒这个险。他还有那么多时间可以挥霍，还有那么多的精力可以爱上那么多的人，她哪敢跟他做一生一世的游戏呢？她经受不住的。所以，她觉得不能跟他再继续了。

她要分手。

可是，一分再分，他始终不同意。就在这样纠缠不断的拉扯里，他耗尽了自己在她心目中全部的好感。昔日每一个看上去可爱的举动都慢慢变得令她难以接受。他一直说，我们说好的，以后要怎样怎样。可是，她就真的只是说说罢了。

他们谁都没有错，只是错在，她生得太早，跟他遇见得太迟，没有相爱在对的时候；只是错在，相爱的时候，她那一颗曾经跟他一样天真的心早已被岁月摧残得不再温柔。可是，分开之后，她偶尔还是会忍不住遗憾，心里翻涌着无数个“假如”。

后来，他来到她们公司上班。虽然不在她手下，但无可避免地会经常见到。听说他已经有未婚妻了，是在跟她分手半年之后认识的。身边的女友说到他的时候，又开始变得赞不绝口，说他专一、痴情、有责任心。

他结婚的时候，她也去了。有那么一刻，她很希望站在他身边、穿着婚纱的人是自己。她也不是没有这个机会，只是她在而今这个危机四伏、鱼龙混杂的感情世界里，早已失去了与人山盟海誓的信心了。或许，她迟迟未嫁的原因就在于此吧。

不相信自己，不相信别人。
不相信爱情，不相信世界。

我们说好决不放开相互牵的手

可现实说过有爱还不够

走到分岔的路口

你向左我向右

我们都倔强地不曾回头

——引自张靓颖《我们说好的》

/ 失恋日记

第一天。

她跟他分开之后，她把自己关在家里，寸步未出。电话关机，也不开电脑，不洗漱，不化妆，澡也懒得洗，连打扮给谁看她都不知道了。也是真的没有胃口，什么东西也不想吃。

冰箱旁边的一箱矿泉水她倒是喝了不少，空瓶子随随便便地被她丢在床边。她很爱喝水，开心的时候要喝水，伤心的时候也要喝水。只是她爱喝的是矿泉水或是白开水，几乎不怎么喝任何有味道的饮料。

看上去，她真是狼狈得要命。失恋的人总该有个失恋的样子吧，她觉得。可是，她哭不出来，就只是什么都不想做，只是想要一个人肆无忌惮地在家里邋遢着。能为跟他那段夭折的感情所做的，也就只有这些了。

第二天。

她打开了手机，给妈妈打了个电话，语气平静，听不出一丝一毫的问题。她总是很擅长掩饰自己的情绪。有时候，连她自己都佩服自己的演技。喜怒不形于色，说的就是她吧。可是，电话刚挂断，便收到那女孩一连串的短信，先是毫无原则地与她假装掏心掏肺，后是谩骂，最后又妥协。

恳求她放手，恳求她离开他。

恳求她把他让给自己。

她什么都没有说，没有任何回复。

只是把那女孩的电话号码拖进了黑名单。

第七天。

他打电话找她。她盯着电话很久，不知道是接还是不接，就这么把手机拿在手里发愣。手机铃声是孙燕姿的《我怀念的》。听着听着，她终于还是大哭了起来。哭到电话铃声结束，哭到孙燕姿把歌唱完，哭到那些纠缠不休的往事把自己逼疯。

男朋友劈腿的事情，司空见惯。发生在别人身上的时候，她总是安慰得风轻云淡，把道理捋得比谁都清楚，仿佛真的看穿了世事一般。比如，“他劈腿的话，说明他不够爱你，不够爱的话，失去了也并不可惜”。又比如，“他劈腿的话，说明他人品差，没有责任心，这样的一个烂男人，失去了是好事”。

比如……

可是，发生在自己身上的时候，她手足无措。

也许，道理，永远都只适合讲给别人听吧。

第十天。

她把以前跟他热恋时写的那本日记烧掉了。连她写日记，也就只是写了一本，记录了半年的事情。再往后，仿佛没有发生过一样，没有留下任何痕迹。她尚且连日记都没有坚持写到最后，又怎么能指望别人爱她一生一世呢？她这样安慰自己。

还有那两支牙刷，他搬走的时候，所有的东西都拿走了，要不是落下了他的那两支牙刷，连这个家他都仿佛没有来过。可是，就连牙刷的使用期限也是有限制的，三个月要换一支，不是吗？

第十六天。

她提前把年假用光了。去上班的路上，听到一对情侣在公交站台大吵起来，最后，两人恨不能用最难听的话堵住对方的嘴，但没有用。旁边有人劝架，但他们置若罔闻，只顾自己把对方羞辱个痛快。可是，忽然之间，她却被自己感动了。她想，如果有一天那对情侣分手了，他们大概还是会怀念这天一大清早在公交站台的“丢人现眼”吧。

就像她此时此刻脑子里闪过的画面一样。

分都分了，怨他没有用，恨他也没有用，骂他更是毫无意义。管他什么原因造成的呢，管他人品有多差呢，就算恩断义绝，谁又能保证自己果真永远不会想起昔日他的一点好呢？甚至，旧日彼此之间的一点互相为难都会被怀念。

这就够了。

感情的事情，本来就是人来人往。

看不开的话，伤害不了任何人，受折磨的只有自己。

谁爱得太自由　谁过头太远了

谁要走我的心　谁忘了那就是承诺

谁自顾自地走　谁忘了看着我

谁让爱变沉重　谁忘了要给你温柔

——引自孙燕姿《我怀念的》

之三

你／忘了吗？

/ 心酸

她结婚的时候，通知了他。

其实，要不要通知他呢？她想了很久，纠结了很久。后来，一个朋友说，如果不知道怎么决定，你就问问自己，通知他和不通知他，哪个决定一定会让你后悔。她一想，通知了，也许会后悔，也许不会，但不通知的话，一定是会后悔的。

是啊，这可是目前的人生当中最重要的事情了。如果他不在，一定会觉得有些不妥、有些遗憾、有些缺失的吧。他收到请柬的时候，也犹豫了半天，去还是不去？后来，他也是那样想的，如果错过了这件对她来说那么重要的事情，他一定会后悔的吧。

其实她不是故意的，她的婚期恰好就是当年他跟她在一起的日子——8 月 18 号。婚礼那天，排场很大，男方条件很好，又是个细心的人，婚礼的每一处细节都考虑到了她，连请柬上的印花和字体选的都是她最喜欢的那一款。

那天，他一直在想：她一定会很幸福的吧。

婚礼是中式的。席间，两位新人要挨桌敬酒。他跟她的老同学坐在一桌。对啊，他跟她从高一到补习班，到大四，到毕业后两年，一共谈了整整十年的时间。十年之后，他是谁呢？没有成为亲人，依然只是她的老同学罢了。

敬酒的时候，是一桌人一起的。席间，有个不识相的家伙问了她一句，是不是该再单独敬他一杯。灌酒的游戏，为的是热闹，但在这最不适宜的时候，却让整桌人都刹那冷却了。他还算机智，说自己斗胆自请作为所有老同学的代表再敬两位新人一杯，然后说了些嘻嘻笑笑的话便过去了。

但从这以后，她一整晚的脸色都不好。

对，他一直都目不转睛地看着她。她的每一个动作，他都看在眼里，拼命地在看，仿佛，再不看，这辈子就再没有机会看了似的。是啊，她是别人的妻子了，再不看，他就真的再也没有机会好好看她了吧。后来，他见她中途起身去了卫生间的方向，他也站起来走了过去。

起身的刹那，他被自己惊到了。

他不知道自己想要做什么，只是下意识地就想跟过去看看。转念一想，还是算了，都已经站起来了，去卫生间里抽一根烟就出来吧。但还是碰见了她。她看着他，他也看着她，也都不觉得尴尬。只是两人的眼神里，分明藏着很多很多的话。可是，这些话，而今说与不说

都没有差别了。

后来，不知情的新郎过来找她，带走了她，走之前，还跟他互相客气了几句。新郎知道她心里有个人，姓甚名谁，只是不曾见过他。她也不曾向新郎隐瞒，但事情毕竟都过去了，新郎爱她，只想娶她，这就够了。只是新郎不知道，她心里的那个人刚才就站在自己的面前，跟自己说话。

他们在一起的十年，温柔有时，暴烈有时。好的时候如胶似漆，不好的时候他对她破口大骂，她也会对他大打出手，但都不记仇，俨然是已经结了婚的小两口。从十六岁到二十六岁，不管小说或电影里的甜蜜与痛苦有多么离奇，都不会比他们经历的更值得回忆。

但二十六岁的时候，她也真的该嫁了。

可是，有些事不是她想做就能做得成的。他的父母一直都不喜欢她，本来也不是大事，她甚至跟他提过奉子成婚的想法。她说，如此一来，他家人再不喜欢，也不好再不要她了吧。但也不知是她还是他的身体不好，她一直没有怀上。

其实，他如果真的想要娶她，这一切也都小是问题。问题在于，他太孝顺了，孝顺到连下定决心娶她的勇气也没有。可是，他分明心里就只住着她啊。后来，她的母亲也劝她离开，给她陆续介绍了别的男孩。他当然也觉得委屈，可是又有什么办法，分明是他自己没有勇气娶她的啊。

有人曾对她说，要是一个男人跟你谈了五六年都对结婚的事情只字不提，怕是这辈子他都不会娶你了。而他们，已经谈了十年了，他总是想着，再等等，再等等。可是，他想要等什么呢？等父母接受她喜欢她，还是等着她另嫁他另娶呢？他自己都搞不清楚。

可是，有些事情是不能等，也等不了的。

等着等着，就错过了。

错过了，就真的失去了，真的再也没有了。

其实，他根本就清楚得很，只是不愿意承认。十年了，多多少少是有些厌倦了吧。可是，已经耽误她十年了，这个时候离开她，他也是于心不忍的吧，毕竟，说起来，他好像依然还是那么爱她。或者，等她离开自己，心里才会好过一些。

可是如今，他真的失去了，但心里却没有丝毫解脱跟释然。婚礼散场的时候，老同学一起去“钱柜”。那个不识相的家伙又点了一首林宥嘉的《心酸》。当他听到那句“我曾拥有你，想到就心酸”时，终于忍不住，当着所有人的面大哭了一场。

可是，有什么好哭的呢？

所有的失去，都不能被原谅。

所有的爱和孤独，都是自作自受。

闭上眼看

最后那颗夕阳　美得像一个遗憾

辉煌哀伤

青春兵荒马乱　我们潦草地离散

明明爱啊

却不懂怎么办　让爱强韧不折断

为何生命

不准等人成长　就可以锈住过往

我曾拥有你　真叫我心酸

——引自林宥嘉《心酸》

/ 好久不见

他跟她分手之后，她去了拉萨。

北京到拉萨，跨越了中国大半个版图。当然，他们之间的距离也变得好遥远。他记得，以前在一起的时候，她总说，这辈子一定要去一次的地方就是拉萨。但是，他们的工作都很忙，所以，去拉萨的事情也就只是说说罢了，一直没有兑现。

她收养的那只流浪小猫还在，黑色的，叫珍珠。珍珠被捡回来的时候，已经饥瘦得不成样子了。她这个人心地善良，尤其是对流浪的小动物十分关注，平时也常去相关的公益组织帮忙做事。遇到珍珠的时候，她赶忙跑去马路对面的超市买了一袋妙鲜包，还因此差点被车撞了。捡回珍珠的那一天，她心情特别好。

回家之后，她抱着珍珠对他说，以后一家三口要去拉萨定居。他点头笑笑，说好。有些话，说出来的时候总是那么美妙，可是做起来真的是比登火还难。他是金牛座，是个踏实求稳的人，也可以说有些懒惰，对自己的生活不敢轻易变动。

8:33

但她不一样。

她总觉得，朝九晚五这种一眼可以看到老死的日子不能一直过下去。有一天，她看到一本书上写着一句大意是这样的话：你是想要年轻的时候背起行囊穷游天下，还是老了之后在七星酒店里刷假牙？她看到之后笑得合不拢嘴。她说，写得真好。可是笑过之后，她越发觉得现在的日子不是她想要的。

可是，她不想一个人辞职旅行。

她想和他一起走，一起去拉萨，还有珍珠。在遇到他以前，她从来不是一个拉扯不清的人，还没有任何人能阻止她做任何自己想做的事情。但遇到他之后，她也开始放不下了。她忽然觉得，自己变得跟从前不一样了。

是啊，遇到一个两情相悦的人，谁还能一如既往、不顾一切地只做自己呢？她跟他说了很多次，跟他讲了无数的道理，甚至也拿分手威胁过他。其实，那些道理他又何尝不懂？他又何尝不想活得潇洒自在一些呢？可是，再透彻的道理，也抵不过他一颗缺乏安全感的心。

并不是只有女子才会缺乏安全感。

男人也会，男人一旦缺乏安全感，表现出的特征会更加明显，如控制狂、暴力狂、无可救药的占有欲。这些负面的情绪他都有，但根本上他依然是个温柔的人，所以，他控制得很好。只是，真的要涉及让他的生活大动干戈的事情，他办不到。

分手的时候，两人在家做了一桌子菜，还小酌了两杯。大概这世上没有比他们分手的时候更不像分手的情侣了吧。即便也有人好聚好散，但心里的委屈、伤心、难过、痛苦，加在一起，大概也只是假装淡定了吧。但他们不是，他们是真的心平气和地说再见。人生的路太漫长，他们都觉得自己没有权利去改变彼此想要的生活。

去拉萨的时候，她本打算只是旅行，但不想去了之后，就住下了。平常，他们也会经常通电话，聊聊彼此的近况，但都绝口不提感情的事，大概都是有私心，不愿意听到对方说喜欢上谁、跟谁在一起之类的话吧，可又不能表达出来，都希望彼此能过得更好。

可是，没有对方，又怎么能够好得起来呢？他唯一一次请假去拉萨看她时，没有通知她。到了拉萨之后，他去了盛名在外的玛吉阿米，住在大昭寺附近，一个人兜兜转转了好几天，却始终没有拿起电话告诉她。

他总在想，告诉了她又有什么用呢？自己不能留下来，她也不会再回去，见了她，也只是彼此徒增伤感吧。只是，他又忍不住期望能够遇见她，也许在拉萨街角的某个咖啡店里，哪怕只是站在她不会发现的角落看一眼。

再没有比这种失去更令人伤心的了。

两年之后，他在网上看到一句话："寄托在物质、居所、稳定状态的安全感都是不可靠的，唯有寄托在对他人长久的爱上，才能获得解脱和释怀。"是啊，她不在的日子里，他也从来没有觉得自己的生活变得好过。

自她离开的那一刻开始，他所追求的安稳生活就已经大动干戈了，不是吗？至今也未能修补好。因为，只要她不在，一切都是徒劳。辞职、打包、离开，抱着珍珠在机场见到她之前，他想了很多的台词，但都没有派上用场。见面的时候，他只是跟她说了一句：

好久不见。

BERK STREE
伯克大街

你会不会忽然地出现
在街角的咖啡店

我会带着笑脸
挥手寒暄

和你
坐着聊聊天

——引自陈奕迅《好久不见》

/ 如果我们现在还在一起，会是怎样

她飞往巴黎的飞机，晚点两个小时。

她一个人坐在候机厅的咖啡馆里，点了一杯热摩卡。大年初九，天依然很冷，就算是大厅里有空调，温度依然不够，仿佛再高，也是不够的。她打开电脑刷微博，在他的页面停留了几秒，再一次取消了对他的关注。是的，她自己也知道挺幼稚的。

但是，又有什么办法呢？

人伤心的时候，那些看似温暖的安慰人的话，不是烟和酒，就只是那些对别人来说或许不足挂齿，对自己来讲却又好像仪式一般郑重的幼稚举动罢了。可是，那带来的些许安慰对她来说又有多少作用呢？真的有用的话，她也不会反反复复地重复这件事情了。

他的粉丝已经上百万了，多一个谁，少一个谁，他又哪里能及时发现得了呢？他们在大学恋爱的时候。谁会知道，十年之后彼此的样子呢？谁又能保证，十年之后彼此是否还在一起呢？誓言当然也是有过的，但所谓誓言到底也不过只是说过就消失的几句话罢了。

空气是无法证明誓言的存在的。

从大一下学期。到大四毕业，她跟他在一起也有三年半的时间了。虽然不是一个班，但也是同一个专业，许多课程还是在一起上的，加上他又不是按部就班的人，也常常逃掉自己的课来陪她。就算寒暑假，他也会坐上二十几个小时的绿皮火车从北方赶到南方来看她。

虽然都已经过去快十年了，但偶尔想一想，她还是忍不住心里会浮现出一些幸福感。心是不会骗自己的，没有忘掉就是没有忘掉，尽

管任何时候她都不会承认自己对他还有半点的想念。分开之后，两个人也各自经历了几段感情，但都没有再联络过。

她如今在外企。工作忙碌，出差很频繁。其实真正闲下来让她胡思乱想的时间并不多，但只要是有了那么一点闲暇时间，他总是会从她心底冒出来，哪怕只是一秒钟，惊起的涟漪也总是散去得异常缓慢。后来，她从老同学处听说他已经成了知名作家，笔名还是当年她替他取的。

她还买过他的一本书。当时，她想，怎么这么巧？没有想到，果真是他。后来，她也注册了微博打发时间，所以才有了机会了解他的近况。从第一次搜索到他，到第一次关注他，到第一次取消关注，反反复复，也过去一年多了。虽然她是业内的大人物，但她低调，粉丝数不多，每每有新增粉丝，她总是急切地点开，想要看到他。

但是网络这个东西那么虚无，他又如何知道她是谁呢？他是个记性不好的人，所以，一旦生活中有些他生怕忘记的重要日子和事情，他总会记下来。微博里虽然关于私人的东西不多，但他的生活里大体遇到过什么要紧的人，发生过什么要紧的事情，依然有迹可循。

她知道，他毕业之后去了很多国家，也去了她常常要出差奔赴的法国，甚至，他的微博里，还有一张他在巴黎街头的照片。好熟悉的街道，她去了巴黎那么多次，怎么会不认得？只是看到照片的时候，她又忍不住在想，那时候自己也在巴黎，可是，她又很想知道却始终不能确定，那一日自己是否也曾出现在那条街上。

如果是的话，他会不会与自己擦肩而过呢？

她也知道，他交了一个他很心爱的女朋友。算下来，他与那个女朋友交往的时间也有三年多了。记得大学的时候，他还总说，哪怕将来他们分手了，但他敢保证，她一定会是跟他交往时间最久的女朋友。

虽然细想，他这几句话味道也不太对。但乍听上去，还是会令她觉得高兴。他一贯是个不太会甜言蜜语的人。这句话对他来说，算是最浪漫的一句了吧。有那么几个瞬间，她甚至很邪恶地希望，他们在一起的时间不会超过三年半，但想想也就过去了。

有趣的是，几个月后，他在微博上说自己单身了。她无法否认自己内心真的有那么一瞬间的雀跃。这么多年，她交往过几位男子，但时间也总是不太长久。她总是将原因归结于工作太忙碌，但其实是否还有些别的因素，谁又能知道呢？

今年春节的时候，她听同学说他结婚了，就是前几天的事情。但是她不相信，因为这么重大的事情他怎么会不发微博，以防自己遗忘呢？想了想自己便笑了。是啊，这样的日子，所有人都忘不掉的吧，又怎么会需要再发什么微博备忘呢？

只是，这样一来，她倒也忽然觉得有些释然了。有一些人，无论你想不想放下，早晚有一天，要被逼着放下，并且一辈子都不能再去想。对于她来说，有关他的回忆差不多也就只能这样了吧。她关掉电脑登机的时候，微博上突然新增了一个粉丝，但她已经打算丢掉微博，不想再去看了。

她不知道，他终于关注她了。

可是，就算知道，又能怎样呢？

登机通道里，走在她前面的一个女孩好活泼，嘴里还哼着歌，好像是戴佩妮的那一首《怎样》。只是，那首歌不是应该很伤感的吗？为何那女孩唱得那么愉快呢？“如果我们现在还在一起会是怎样，我们是不是还是深爱着对方……”

我们现在还在一起会是怎样

我们是不是还是隐瞒着对方

像结束时那样

明知道你没有错　还硬要我原谅

——引自戴佩妮《怎样》

/ 后来，我们都哭了

电话接通。

她说：在干什么呢？

他说：工作。

她说：那……

他说：没要紧的事我就挂了。

她说：我……

电话挂断。

其实，到现在她依然会想，她跟他真的分手了吗？是啊，那时候，他连“分手”两个字都懒得跟她说。也常有朋友问她，他到底有什么好的，让她这么念念不忘。说得也是，他样貌平常、家世普通、工作一般、性情平和，也可以说是乏善可陈，有什么好的呢？连她也不知道。

可是，爱上一个人，又哪里需要太多理由呢？有人说一个眼神就够了，是有些矫情过头，但恐怕也未必没有道理。她就只是每天看他，看着看着就觉得好舒服。再然后，就爱上了。“日久生情”，用来形容她对他的感情怕是再妥帖不过了。

她有一家不大的蛋糕店。他每天都会来光顾，买一块抹茶芝士蛋糕给女朋友，从没有间断过。可是，她从来没有见过他的女朋友，偶尔多嘴问一句，他便简单敷衍说：她在家。其实，那时候她便想，这个男人一定有好多的故事。

以至于，她日思夜想着他到底有着怎样的故事。最后，她发现，每一天等他来买蛋糕已成为她生活中最重要的事。她开始迷恋这种感觉，仿佛自己就是电影里隐忍的女主角。有时候，女人贪恋的大概就只是那一种自己营造出来的浪漫幻觉吧。

果然，等她鼓起勇气想要跟他从陌生人变成朋友的时候，他突然消失了。有时候，她想，她跟他的故事拍成电影或许还会挺不错的。你看，从一开始，她可能爱上的就只是自己在心里种下的那一种莫可名状的情绪，温暖，又伤感。

她突然见不到他的时候，她惶恐不安。后来，她记得他在自己的店里办过会员卡，找到资料，拨过去电话，他没有接。两周之后，她一如往常每日一个电话，终于听到他声音的时候，她把自己感动得快要哭了。她说：你好，你终于肯接我的电话了。

她跟他是在电话里在一起的，在这之后的一个多月都不曾见过。这样的事情，换作任何旁人大概都是不会做的吧。但她觉得这样很有趣，很有画面感。是啊，哪怕她一直不明白自己爱的是什么，但至少有一点可以肯定，她不讨厌这种一点也不真切的交往方式。

并且，她也终于如愿知道了他身上发生的故事。女朋友车祸后变成植物人，就是在等他买抹茶芝士蛋糕的时候出的事。所以，他不离不弃，每一天都买一个抹茶芝士蛋糕放在女朋友的床头。他不确定女朋友是否知道自己的所作所为，但他觉得，自己必须要这样做。

偶尔，她把这些往事说给朋友们听的时候，朋友们总要开玩笑说她是编故事写小说，搞得跟拍电影一样。没错，她至今回忆起来都觉得极其美好。可是，那美好的意义在哪里呢？她甚至不确定他是否能算作自己的男朋友。他们一个月大概只能见一次，还是在蛋糕店里，喝杯茶的工夫。

他们没有逛过街，甚至没有牵过手，没有拥抱过。在别人看来，这根本是可有可无的一段感情，她却郑重其事地觉得，他是她最刻骨铭心的那个人。但她爱着他，不表示他也一定要配合。半年之后，他接电话的频率越来越少了。

最后一通电话，不过三五句就挂断了。后来，她只能开始发短信，但很少得到回复。最后，也许是他不耐烦了，说了个谎，也许是他不耐烦了说了真相。他回复她说：我女朋友醒了，我们要结婚了。她看到那句话之后，连哭都酝酿了好一会儿。

为什么会这样呢？

她不是应该伤心欲绝、泣不成声的吗？连她自己也不知道答案，只是内心明白，她没有自己想象中那么痛苦。她只是遗憾，遗憾这段交往没能更持久一些，遗憾她执迷的那些温暖又伤感的情绪没能体会得更饱满一些。

可是，至今已经过去那么久了，跟朋友们说起来的时候，她依然还是那么沉醉，那么着迷。总有人说她活得不真切，活得太虚幻，她也只是笑一笑。其实，偶尔她自己也会有刹那间明白一些什么。可是，她总暗暗对自己说，现实那么残忍，如果心里再没有一些寄托，那就活得太累了。

后来，她谈了别的男朋友，又开始谈婚论嫁。

日子仿佛也步入了正轨。

但只有她自己知道，夜深难眠的时候，她依然会想念他，想念那段似真似幻的感情，想念那些温柔又伤感的情绪，想念那一出永无瑕疵的感情戏。不会绝望，不会悲伤，不会痛苦，有的只是一点载满寄托的柔软。

有一天，她放弃了蛋糕店，转行做起了音乐。为了这段往事，她创作了一首歌。曾经所有人都觉得漫不经心的一段事，被她唱出来的时候，所有在场听的人，都哭了。大概，这就是她跟他交往的意义了。

如果连自己都不能感动自己，还怎么指望感动别人呢？

天下起雨了
人是不快乐
我的心真的受伤了
我的心真的受伤了
——引自张学友《我真的受伤了》

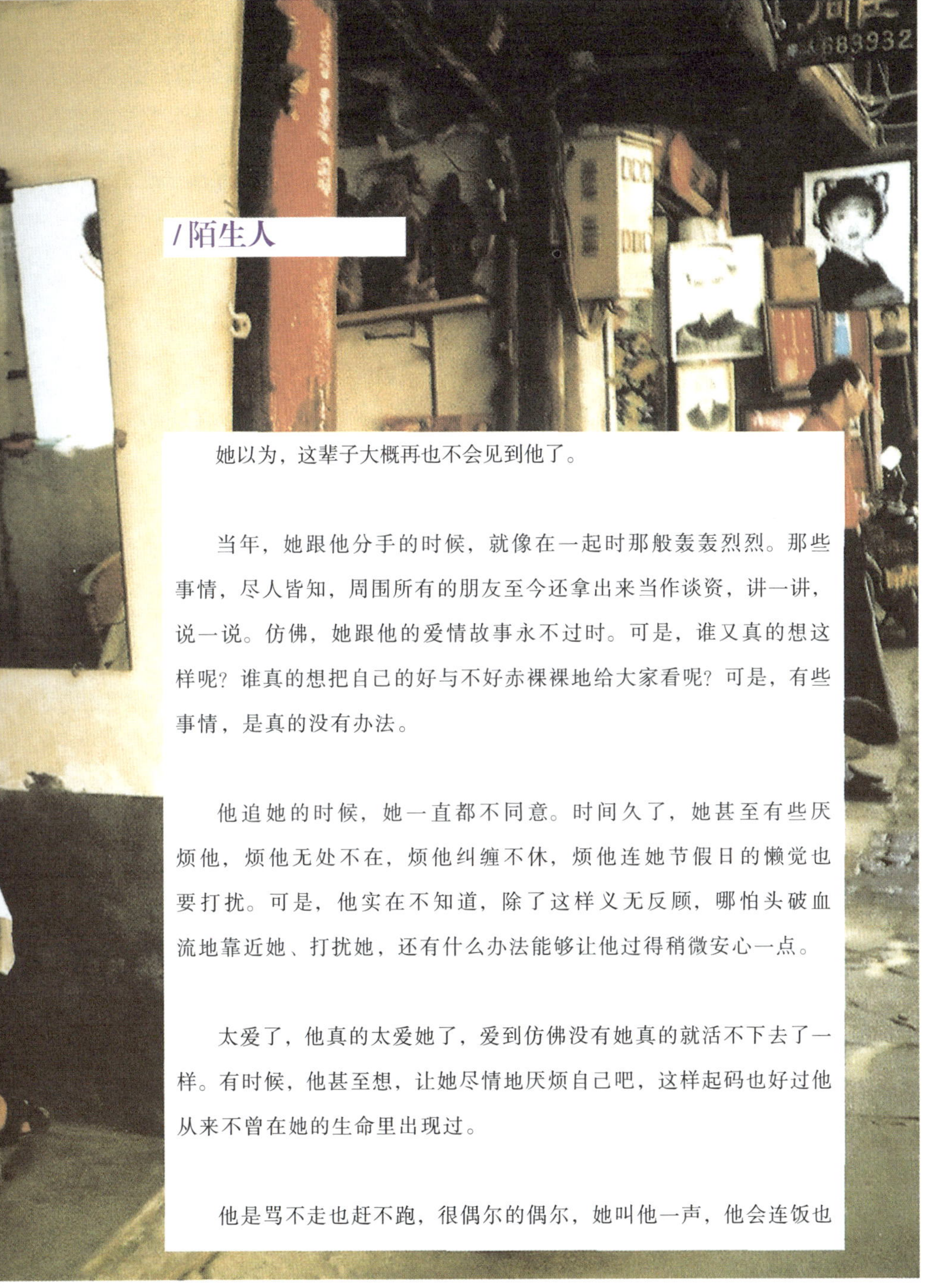

/陌生人

她以为，这辈子大概再也不会见到他了。

当年，她跟他分手的时候，就像在一起时那般轰轰烈烈。那些事情，尽人皆知，周围所有的朋友至今还拿出来当作谈资，讲一讲，说一说。仿佛，她跟他的爱情故事永不过时。可是，谁又真的想这样呢？谁真的想把自己的好与不好赤裸裸地给大家看呢？可是，有些事情，是真的没有办法。

他追她的时候，她一直都不同意。时间久了，她甚至有些厌烦他，烦他无处不在，烦他纠缠不休，烦他连她节假日的懒觉也要打扰。可是，他实在不知道，除了这样义无反顾，哪怕头破血流地靠近她、打扰她，还有什么办法能够让他过得稍微安心一点。

太爱了，他真的太爱她了，爱到仿佛没有她真的就活不下去了一样。有时候，他甚至想，让她尽情地厌烦自己吧，这样起码也好过他从来不曾在她的生命里出现过。

他是骂不走也赶不跑，很偶尔的偶尔，她叫他一声，他会连饭也不吃地最快出现在她的面前，听她使唤，任她发泄。是啊，这世上大概再没有一个男人像他这么讨人厌了吧，他自己也常常这样觉得。后来，她不知道是走投无路还是真的有些动心，终于答应跟他在一起了。

可是，她没有办法像别的女孩对待自己的男朋友那样小鸟依人。他说多几句话，她依然会厌烦。甚至，他的温柔和贴心，在她眼里，有时候也是个负担。不在一起的时候，觉得他做的事情毫无意义；在一起了，又觉得自己好像并不值得他那样付出。

但日子总要慢慢过下去。

所有的女友都羡慕她、嫉妒她，为什么她能有这样贴心贴意无微不至的男朋友？她每每听到别人的羡慕声，也只是敷衍地笑一笑。后来，她遭遇了一场小车祸，倒没有受什么重伤，只不过一张漂亮的脸被刮花了。她想，这下他大概不会再像从前那样喜欢自己了吧？

可是，他不，他对她比以前更好。她问他为什么，他说，因为这样他觉得自己跟她之间的距离靠得近些了，他甚至希望因为她脸上的伤口全世界的男人都不再跟他争抢，那样，她就一辈子都只属于他一个人了。谁听了这些话都会感动的，她也不例外。

后来，她的脸又慢慢好起来。他有些惶恐，但她让他别担心，她不会做任何对不起他的事情的。她其实更想说，她是真的也爱上眼前这个招人烦惹人厌的男人了。可是啊，这世上有一种人，见不得别人好，眼看他们越过越安稳越过越快乐，有人终于按捺不住想要使坏。

那些丑陋又老旧的戏码，总还是有人热衷。她的一个女友在她赴外公干的那一年想方设法地靠近他，勾引他。灌酒下药的戏码一而再地使用，他却不为所动。可是，再坚定的男人终究也敌不过寂寞的吧。一年，说长不长，说短不短。最后，小人终于还是得逞了。

巧的是，就那么一次，别人就怀孕了。他知道，一定是那人蓄谋好的。可是又有什么办法呢？事情到底还是走到了这一步。回国之后，她跟他分手的时候，闹得不可开交。她哪里受得了这样的事情，便用刀刺伤了他，且刺到了要害。

他的父母要告她，他不同意。她甚至宁愿坐牢也不愿意照顾他。她从来没有像当时那样讨厌他。可是，也只有她自己知道，有的讨厌是因为不喜欢，有的讨厌是因为太爱了。她还想着，回国了就嫁给他吧，可是，她没有这个机会了。

他康复之后来找她，她死活不见。在他离开这座城市之前，他来找她，她依然不见。他结婚之前，他打电话她也不接，发短信息说只想再见最后一面，她仍然不肯。终于，他消失了，再也不曾遇见过。她不知道他去了哪里，也从不打听。几年之后，她也离开了这座城市。

那一天，她在一家咖啡店喝咖啡。阳光正好，忽然，她好像看见有谁从落地窗边走过去。马路上人那么多，她只是觉得刚才那人有些像她的故人。她也不知道自己是怎么想的，但还是放下了咖啡，走了出去。

斑马线上，她跟他从相反的方向擦肩而过。他回头瞪大了眼朝她看过来。她点了点头，他笑了笑，谁也没有停下来。可是，就算停下来了，他们又能怎样呢？都已过去那么久了，再深的感情也淡了吧，再浓的仇恨也烟消云散了吧。只是，她不曾想过，有一日，他们再见，竟都已像个陌生人。

点头一笑，便过去了。

我不难过了
甚至真心希望你能幸福

当我了解你只活在记忆里头

我不恨你了
甚至感谢这样不期而遇

当我从你眼中发现
我已是　陌生人了

我已是　陌生人了

——引自蔡健雅《陌生人》

/逞强

她的一个闺蜜每次去KTV唱歌，都要唱梁静茹的《可惜不是你》，每唱一次就要哭一次。时间久了，她就有些受不了，便开玩笑地说一些比如“能不能这次不要再唱这首歌”之类的。但其实，她心里是有一种想要跟她撕破脸的冲动，想着：谁没分手过，矫情个什么劲儿，没完没了了还。

那时候，她跟他已经分手了。

对，她不是那种矫情的人，她也绝不允许自己当着别人的面做这么跌份儿的事，她一直都是就算死也要留住面子的人。“要强”这件事，她从来都不觉得有什么错。就算跟他分手那天，她也是潇洒利落地不废话，一转身，不回头。大家都知道，她是个大气的女孩。

她跟他分手后没再谈男朋友，因为她跟他是在打算结婚之前分手的，所以她总说，不能再急着找男人，不然会把对婚姻的最后一点幻想也给毁灭的。大家也觉得她说得对。所以，她单身六年，从二十五岁单身到三十一岁。

本来她可能是她们几个姐妹中最早结婚的一个，但现在只有她还没有结婚。但是没什么，她也一直告诉自己，嫁出去没什么了不起的，嫁得好才是牛。她也是个充满正能量的人，非常仗义，身边的谁出了点什么小状况，都会找她帮忙。

前年，她的堂兄离婚了，因为她堂兄在外面有了别的女人，嫂子受不了，就提出了离婚，结果她的堂兄大方接受了她嫂子的离婚协议。她嫂子人不错，是个老实本分的女人。离婚的当天，她刚好也在附近，一听到消息就过去了。

签字的时候还不知道情况，签完字出来才听嫂子说了事情的原委。本来想开车带嫂子去她住的地方休息两天，结果一听完，立马刹车、掉头。开到民政局的时候，她堂兄在外面搞的女人竟然不知道从哪里冒出来，跟她的堂兄好一阵亲昵。她停了车，下去抓住两人就是一顿打。她练了很多年跆拳道，两人被打得不轻。

她上车后，她嫂子以为事情过去了，没想到她又开着自己的越野把堂兄的车给撞烂了。她嫂子目瞪口呆，被甩在车后的那两人也是狼狈得不知所措。

听上去，她不仅要强，还有些凶悍。可是，他跟她分手的时候也是类似的缘故，她却没有发脾气，只是给了他利落的一巴掌，然后淡定地转身走了，一滴泪也没掉。坚强吗？当然，连她自己都一直以为自己是坚强的人。

哪怕是他去年结婚的时候，她也给足了他面子，包了个大红包，潇洒地去了婚宴。当然有不识相的人会议论她两句，但她无所谓，敢去婚宴，她就甘愿承担这一切。不怨不怒，待人待事，她只认定该不该。虽然，后来他移情别恋，她不能否认他也曾待她真心真意，很不错。

但她觉得她还有大半辈子，过去了的，都不足挂齿。

连他结婚了，她都没有一点儿难过吗？当然不是这样的，只是难过这种感觉说不说出来都没有意义，她觉得。不是吗？自己的任何困惑，别人都给不了答案，暴露出来没有用，只能徒增伤感，徒增旁人虚情假意的怜悯罢了。

后来，她果然遇到了一个非常出色的男人，半年之后，两人就订婚了。无论是相貌、家世、人品、才华，还是待她的真心，那人都是最好的，所以，她觉得，单身了这么多年，也值了。

她的婚宴当晚，他也来了，但只有一个人。她听说他离婚了，但安慰他这件事，她觉得已经不再是自己该做的了。所以，他也就假装不知道地含糊过去了。自己大婚这一日，他能来，她也不觉得欣慰，她觉得是他该做的。

可是，就连她自己都觉得自己的感情大事终于可以潇洒地打上句号的大婚当夜，在她送亲友上车离场的时候，却听到一辆车里放着很大声的音乐，就是梁静茹的那一首《可惜不是你》。车开过去的时候，有些耳熟，她不愿意细想。只是忽然间，心里的难过好像崩塌一般，无法阻止地汹涌而来。

终于，她转身冲进卫生间，大哭了一场。

是的，没有人能够滴水不漏地坚强一辈子。

可惜不是你
陪我到最后

曾一起走
却走失那路口

感谢那是你
牵过我的手

还能感受那温柔

——引自梁静茹《可惜不是你》

/ 我最亲爱的

他们吵架的原因大部分都是因为他的前女友。

每次他的前女友发短信问候他的时候，她都很不高兴。因为这件事，她跟他吵过无数次了。其实，她也知道，她跟他的前女友认识，知道他的前女友不是个有心机的女人，也没有做任何想要破坏他跟她生活的事情，只是忍不住会偶尔打扰罢了。她也知道，他跟前女友除此之外，从不来往，没有任何会让她放心不下的互动。

但是，没办法，她依然不开心。

可他又不是一个绝情的人。与前女友好歹有过一段感情，加上旁人又不曾做出任何伤害到她的事情，他实在没有办法按照她说的那样，警告对方，或是拉黑对方。时间久了，她会觉得，其实自己有点无理取闹。但想要理性面对感情里的所有，真的是太难了。

最后，他们分手了。

在两人认识三周年的时候，一起去西餐厅吃饭。本来一切都好，可是，中途他的前女友突然打来电话。他看了一眼，挂断了电话。继续吃饭。但没过几分钟，他又收到前女友的短信。他觉得再不回复实在过意不去，又知道她的脾性，就借口去了趟厕所。

回来的时候，她突然要查手机。女人总是十分敏感。他有些不开心，没有把手机给她。就因为这件事，她开始有些脸色。吃完饭出门的时候，她趁他不注意把手机抢了过去。他突然觉得她实在不可理喻，两人大吵了一架。她把他的手机摔在了马路上，被车碾碎。

他不知道为什么她这么爱查手机，已经不是第一次了。自从她知

道他跟前女友有很偶尔的联络之后，她便时不时地要查他手机。他很努力地体谅她，一直假装不介意。而她呢？也很努力地克制着自己不去查手机，但是没有办法，她总是忍不了几天，又恢复原状。

在餐厅门口，他骂了她，说她根本就是一个神经病。她突然也发疯一般地跟他扭打起来。人来人往，他哪里受得了自己这么狼狈？到家之后，他提出了分手。她赌气似的一口答应。当晚他就搬走了。

他收拾行李的时候，她好几次都想站起来挽留他。但她以为他只是吓唬吓唬自己，可是没有想到他真的走了，并且一去不回。打电话给他的时候，他已经关机了。其实，之前这样的事情也发生过几次，但他从来都会让她找到自己。

可是这一次，他没有。

大概，两个人还是不太适合吧。分手之后的自我安慰，大同小异。等联络到他的时候，已经是半个月之后的事情。城市那么大，有时候想要躲避一个人并不难。等到不想躲避的时候，要么就是时过境迁不再介怀，要么就是心如死灰已不存乎了。他是后者。

只是，爱过的人，哪能说忘就能忘得了的。她总说，他不仁，她就要不义，但结果她做不到。终于，她也变成了他的前女友，也会忍不住想要关心他，却又怕妨碍到他，只是很偶尔、很偶尔地，她才会发一两条短信，问问他的近况。

想知道，他过得好不好。

我想你一定喜欢

现在的我
学会了你最爱的开朗

想起你的模样

有什么错
还不能够被原谅

世界不管怎样荒凉

爱过你就不怕孤单

——引自张惠妹《我最亲爱的》

/ 你说平淡了就会好了

他提出分手的时候，她是竭尽全力地跟他吵、跟他闹，砸烂了自己的手机，摔坏了他的电脑，打开衣柜看到他的衣服又发疯一样拉扯出来扔得满地都是。她把每年生日时他写给她的卡片全部翻出来丢到了窗外，把他送给自己的唯一的包也剪得支离破碎。

还有，她自己送给他的那一块昂贵的手表，是她花了半年的薪水买下来送给他的。她曾说，那块表他要戴一生一世，每一天看时间的时候都要想念她。她想到这里，只是冷笑，大吼大叫，说要他把表还给自己。她哪里是真的要他还呢？她只是没有办法了。有时候，人绝望的时候就会说一些孩子气的话。

可是，他却说出差的时候把表弄丢了。

她又把他去年送给自己的银戒指丢进了马桶。他说，将来结婚的时候万一他落魄买不起金戒指了，就用那枚银戒指代替吧，反正不能耽误把她娶回家。那时候，她还嘟囔着说他小气，可是心里分明好高兴，高兴得恨不能当下就嫁给这个人。可是，这些都过去了，都没有了。

他一言不发，不打算松口。是啊，从来都是她闹着要分手的，他从来没有讲过“分手”这两个字。可是，每一次，她也都只是吓唬他，想要他更在乎自己一点罢了。但这一次，是他提出来的，恐怕是要真的分开了吧。她一想到这里，便受不了。她开始骂他，用尽了她能想到的所有难听的话。

一整晚，都是她在闹，她闹出了前所未有的大动静。可是，他除了提出分手之外，连一个字也没有跟她说。他就仿佛不存在一般地待在阳台抽烟，看着她失魂落魄不知所措。终于，她开始冲上去打他，打掉了他的烟，刮破了他的脸。可是没有用，他依然只是冷冷地看着她，看得她连活下去的勇气都要没有了。

就这样，一直到天亮。

终于，他洗了把脸，转身对她说要去上班了，然后开始收拾行李。为什么上班还要收拾行李？她一直在嘶吼着问他。他不说话。还有什么好说的呢？他不是都说了要分手吗？是啊，他都说了要跟她分手了，分手了，当然要收拾行李的吧。分手了，也就再不能在一起了吧？想到这里，她忽然停住了所有动作，瘫倒在地上。

哭得连声音都没有，只是泪流满面。

看上去一定落魄至极吧，她想。可是，还有什么办法呢？吵也吵了，闹也闹了，该分手的还是挽回不了。他出门前，顿了顿，转身对她说：平淡了就好了。他关上门的那一刻，她不得不承认，她彻彻底底地失去他了。这一分开，他们再未相见。

几年之后，他们在旅行的途中相遇。

他说，分手之后他找过她一次，但房子里面已经是别人在住了。她说，刚好有个新工作，就离开了。是啊，不这么说，还能怎样呢？

他不在了，她还怎么住得下去呢？那个房子里每一寸空气都有他的气息，每一样东西都是他们相爱又彼此伤害的证据，她又如何能泰然自若地面对这一切呢？

没错，他走之前还对她说，平淡了就好了。可是，忘不了的话，又该怎样呢？他问她，这些年过得好吗？她点头微笑。但如果不点头微笑，她又能说些什么呢？难道要告诉他，他走了之后，她又疯了一般地冲下楼找那些被自己丢得到处都是的卡片吗？还是要告诉他，她又疯了一般地在厕所里找回了那枚戒指呢？

想到这里，她才意识到自己手上还戴着那枚戒指。趁他不注意的时候，她把手藏到桌子下面，悄悄地把戒指取了下来。这些年，她从来没有再将它拿下来过，可是今天，她又胆怯了，胆怯到无法坦然面对这些年来自己独自承受的所有，胆怯到竟不得不第一次把戒指取下来，偷偷地，在他的面前。

她再不似从前了。她学会了隐忍，藏下所有的情绪和感受，做一个看上去冷若冰霜的人。她甚至还与他闲话家常，分享他与未婚妻的甜蜜与温柔。看着眼前的他，好像真的找到真爱和幸福一样，她竟然也有那么片刻的欣慰。

到这里，她才意识到，自己真的变了。

长大了。

成熟了。

受得住痛苦和煎熬了。

也许，人都是这样过来的吧？

她想。

在旅途中重逢，又在旅途中告别。分开时，他向她要电话，说结婚的时候通知她。她说，不用了，通知我我也不一定有时间去。唉，坚持了这么久，她终于还是在最后一刻原形毕露，失态了。可是，这有什么关系呢？起码，这说明她又向做回自己靠近了一步。

能毫无负担地做回自己，才说明是真的忘记他了吧。

她这样安慰自己。

可看透了多少转折

我们平静得还是哭了

你说平淡了就会好了

可是忘不了的怎样呢

——引自那英《那又怎样》

/ 几件小事

她跟他之间，拉拉扯扯很多年。

所有人都以为，他们可能就这样要拉拉扯扯一辈子的时候，他们离婚了。他们都是彼此的初恋，彼此都是有感情洁癖的人，在两人的感情世界里，从开始到如今，都只有对方一个人。她是画家，他是作家，她作画他写书的日子，真是让所有人嫉妒得恨不能拆散了他们。

曾经，那么多人羡慕他们。一辈子，只恋一次，只爱一人，就这样一辈子。可最后，还是应了那句话：

初恋，终究还是用来分手的。

不过，这段感情对他们而言，也算是没有遗憾了。再深刻的痛苦也有过，再绵长的温柔也没错过，但这并不表示分开不会伤心。情到浓时情转薄，事到如今，他们只能是像卓别林写给乌娜的情诗里写的那样：有限温存，无限心酸。

后来，她另嫁人，他却一直未娶。几年之后，他把和她的故事写成了一部小说，卖得非常火爆，她在异乡也曾读到。不久，她给他打了一个电话。离婚这么多年，这是她第一次主动联系他。可是，真拨通了电话，她却又不知道说什么。

最后，只憋出了一句：

你不怪我吗?

他也是曾怨恨过的吧，但那也不过是很短暂的事情。他看事情从来都很正面。与她恰恰相反。可是，到最后，积极面对生活重新开始的人却是她。他也不确定一直未娶是否真就只是因为忘不了她，就算是的话，他大概也是不敢轻易承认的。

贫贱夫妻百事哀。当时，虽然都是各自圈子里小有名气的才子、才女，但从事文艺这一行，收入都极其不稳定，两人的经济状况一直很不理想。可是。一年，两年，都可以忍一忍，还有等待柳暗花明的耐心，但三五年之后，收入依然未有改观，她便惶恐不安了。

可是，两人又都强撑着，不愿意分心去从事别的行业，一直在看似无用的艺术天堂里煎熬。后来，她开始转变画风，取巧于市场，渐渐便有人开始买账。但他一直不愿意跟出版商妥协，作品数量稳定，销量却是差得离谱。

她怎么劝，他都听不进去。

他总是说，慢慢来，一切都会好起来的。

可是，到底要到什么时候才能好起来呢？她这么一问，他便黯然了。是啊，到底要到什么时候才能出人头地，既保持了自己的艺术热情，又可以有可观的收入呢？他不知道，只是空有一身的正能量。终于忍无可忍的时候，她提出了离婚。

那是他们结婚的第四年。

他三十岁。
她二十九岁。

苦日子，她不是不能跟他过，但不想就这样没有指望地过一辈子，做毫无意义的等待。不多久，她便嫁给了某知名富商。对待生活，她是内心消极、态度积极，而他是内心光明，却一直生活在阴暗里。可是，最要紧的永远都是自己的心，不是吗？

他没有想到的是，最后让他一举成名赚得盆满钵满的，竟是她跟自己的一段往事。后来，还有人找他买下了电影版权，打算把这段往事拍成电影。这一年，他三十三岁，生日那天，接到了她的电话。

她问他怪不怪她，他要如何回答呢？分开的这三年，他一直在写他们的故事，过往的点滴温柔和心酸，他都需要一一反复品尝。对她的离开，心中滋生的恨意无可避免地会被放大，变得浓稠。可是，书写完的时候。他如释重负，好像放下了什么，或许，这也就是他写这段往事的初衷吧。

但庆幸，他依然还有一颗炽热又明亮的心。电话挂断之前，他叹了口气，说了句：不怪你。每一段感情总有个结局，好坏与否其实也并不是那么重要，最要紧的是，两个人如何爱过这一段。

不是吗？

就比如，在根据他们的故事改编的那部电影上映的那一天，他坐在电影院的最后一排，脑子里想到的不是别的，而是和她在一起那么多年的夜里，一盏灯下她画画他写作的情景。

当冬夜渐暖

当**青春**也都烟消云散

当美丽的故事都有遗憾

那只是习惯把爱当作喜欢

重要的是
我们如何爱过那一段

——引自孙燕姿《当冬夜渐暖》

/ 想念你

他已经离婚六年了。

这六年当中，他陆陆续续也曾交往过不少人，但都无疾而终。为什么呢？也许他可以给出很多不一样的答案，但未必是真相。真相，也许就只是他从来不敢承认的，自己依然在跟回忆纠缠。在一起，好像并不难，分开，似乎也能下定决心。可是，忘不了这件事谁也没有办法处之泰然。

而今，还有几对人能从初恋变成夫妻呢？那时候，人人都羡慕他和她。青梅竹马，一起长大，大学两地相隔，竟也不曾与谁交往。在身旁都是双手相扣的男男女女之时，他们也只是每夜通一个电话，聊聊白天的事，也不讲什么肉麻的悄话。

大概是时间久了，久到他们甚至记不清哪一日两人就在一起了。别人有的纪念日，他们没有：旁人热衷的浪漫小事，他们似乎也不在意。于是，为数不多的知情好友在心里也都暗暗觉得，感情大概是淡了吧，毕竟谈得太久了，也许就要分手了也不一定呢。

但毕业之后，两人又去了一处地方工作。他们在市郊租了一间两居室，面积不小，但没有装修，性价比不错。虽是职场新人，薪水倒也足够了，毕竟不是大城市，只是一个并不热闹的二线城市，消费水平不高。

半年后，她发现他开始爱加班，并且越来越晚，偶尔也会避开她接个简短的电话，她也不说什么。只是在年底他拿到第一笔奖金说要送个礼物给她的时候，她说："那不如我们养一只小狗吧。"他没有多想，就说好。三五天后的一个周末，她领回了一只拉布拉多犬。

黑色的，很灵气。

他问她取个什么名字，她说，叫“Poly”吧。波利，挺好的，他说。为了照顾好波利，他们比从前要忙碌些了。他幼年时被狗咬过，以为自己这辈子是不敢养狗的，但他知道她从小爱狗，所以她想养，他便也答应了。竟不想，他与波利十分投缘，他也很疼爱波利。

后来，他虽然仍经常加班，但也不忘打电话回家，问问她吃饭没有，带波利出去遛弯没有。波利是母狗，一岁半的时候怀孕了。波利偶尔会蹿进草丛与狗伙伴们玩耍一会儿，大概就是那个时候怀上的吧。他们都不知情。

波利快要生产的前两日，他们吵架了，吵得很凶。要知道，这么多年来，他们从来没有吵过架。她本也只是随口问一句：“有没有想过什么时候娶我？”他却突然很坏脾气地摔门进了屋，好像她说了什么千不该万不该的话一般。

她只是随口一问，何必如此咄咄逼人？她也是不小心看到了他手机屏幕上未阅短信提醒当中的几个字，于是心里紧了紧，便问了。“想你了”这样的字眼从别人嘴里讲给他听，她当然是要伤心的。她一字不提，并不表示她憨傻无知。

所以，她想问问他，若是他哄骗她说些好听的，她也许就不那么在意了，毕竟在一起那么多年了。是啊，都那么多年了，世界那么大，走的路越长，在一起的时间越久，总会碰见越来越多的诱惑。她总是那么替他着想。

其实，他也不是不知道自己是心虚，但不好意思立刻拉下脸来哄她。当晚，他睡在了客厅。半夜，波利突然变得很躁动，吵醒了他。他正犹豫要不要开房门叫她，她已经穿好睡衣出来了。她跟波利说了几句安抚的话，没有用。

后来。她就不停地抚摩波利的肚子，却不想，摸到了波利微弱的胎动。她一惊，就笑了，回头对他说："波利可能怀孕了。"她那一回头，好温柔，他忽然觉得好心动。是啊，她从来都是那么温静贤淑，一句话、一个笑，都是那么安稳静好。这么多年了，比她好的人，其实他真的没有遇见几个。

第二天，他们带波利去了医院，医生说快生了，就这两天的事。当天，他们都请假在家，陪护了波利一天。也巧，夜里11点的时候，波利生产了。一只，两只……一共生了五只，他们开心坏了。波利身体强壮，听说别的狗生产完都会很虚弱，但波利没有，舔干净自己的孩子就跳到沙发上跟他们亲热。

五只幼崽，他们没有时间和精力全部养着，便送出去四只，留下的那一只，她给取的名字叫作"Boki"，波奇。两人两狗，过了一段非常愉快的日子。就是那时候，他在她生日那天向她求了婚。他说，虽然我如今无钱无势，但只要你愿意等我几年，我这一辈子非你不娶。

这番话在她答应了求婚之后听到，似乎不太妥当。但她懂他的性子，她依然感动到哭。三年之后，他们带着两只狗组成了一个有名有分的家庭。只是到打算要孩子的时候，他父母要他把狗送走，他不愿意，她也不舍得。

不久，她便怀孕了。怀孕的时候，他不仅要工作，还要照顾她，另外还要操心那两只狗，她心疼得很。有一晚。她说，不如先把它们寄养在她娘家，等她生下了孩子再领回来，平日他们也可以去看看它们。她想着，他这样下去会累垮的，只能先委屈一下那两只狗了。他想着，她的健康更要紧些，就答应了。

孩子生下来那天他高兴坏了，庆祝了一天。他向来不喜欢这些矫情的事，但情到深处，有些事情还是很值得做的。孩子满周岁的时候，他被公司派去了美国公干，要半年时间。她心里很不安，但没有办法，有了孩子，他们的压力自然更大了。

工作薪资自然重要得不得了。

她没有阻拦。

很多事情的变故其实都如出一辙，他们的婚姻也是如此。她再小心翼翼地经营，也敌不过他的耐不住寂寞。回国的时候，他跟同事的

绯闻传得沸沸扬扬，她想假装没听到都没有办法。他提出离婚的时候，她答应了。

他们都是那么想要得到一个圆满，他们对爱情都曾经抱有那么大的梦想，但又有什么办法呢？谁也不想走到这一步，但总有些人不经意就走到了这一步。孩子归她，两只狗，他们一人带走一只。分开前夜，他们一起带着波利和波奇遛弯。

就在那一夜，他才突然发现，她给两只狗取的名字其实是“不离”和“不弃”的谐音。他不知道，她当初说要养狗，是因为听说相恋的人一起养一只狗会在一起更长久些。第二天，他们告别彼此的时候，她沉默不语，他却背着她大哭了一场。

他们之间，没有任何说明，没有任何解释。

一如曾经，没有任何誓言，没有任何承诺。

除了他说，非她不娶。

他做到了，但没有做好。

时隔六年，他未再娶，她也不曾再嫁。偶尔碰面，也是一起看着自己的孩子慢慢变大，一起看着彼此慢慢变老。那天，他在楼下等她送孩子下楼，陪孩子过周末。他在电梯门口，看到楼道的液晶电视里正播着莫文蔚的新歌，他听得心里难过。

电梯门打开的时候，她红肿着眼睛看着面前这个沉默的男人，心里的难过一下子汹涌而来。她那么想要上前拥抱他，但她没有这么做。上楼的时候，电梯里的液晶电视也在播放那首让她刚才忍不住在电梯里大哭的歌：《如果没有你》。

莫文蔚在唱：

你是否也像我一样在想你。

如果没有你

没有过去

我不会有伤心

但是有如果还是要爱你

如果没有你

我在哪里

又有什么可惜

反正一切来不及

反正没有了自己

——引自莫文蔚《如果没有你》

图书在版编目（CIP）数据

你若不来，我怎敢老去 / 王臣著. — 北京 : 中国华侨出版社，2014. 1

ISBN 978-7-5113-4381-9

Ⅰ. ①你… Ⅱ. ①王… Ⅲ. ①散文集－中国－当代 Ⅳ. ①I267

中国版本图书馆 CIP 数据核字 (2014) 第 014223 号

你若不来，我怎敢老去

著　　者：王　臣
出 版 人：方　鸣
责任编辑：羽　子
装帧设计：JUUUN
经　　销：新华书店
开　　本：880mm × 635mm　1/16　　印张：14.5　　字数：190千字
印　　刷：廊坊市兰新雅彩印有限公司
版　　次：2014年3月第1版　2014年3月第1次印刷
书　　号：ISBN 978-7-5113-4381-9
定　　价：35.00 元

中国华侨出版社 北京市朝阳区静安里 26 号通成达大厦 3 层 邮编：100028
法律顾问：陈鹰律师事务所
发 行 部：(010) 82068999 传真：(010) 82069000
网　　址：www.oveaschin.com
E-mail：oveaschin@sina.com

如发现图书质量问题，可联系调换。质量投诉电话：010-82069336